KB272392

한국의 불교시

조선 전기와 중기 편

구사회·이수진 편역

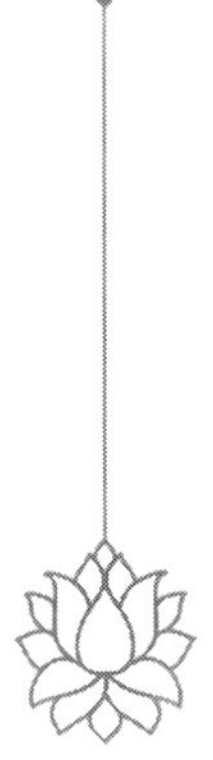

보고사
BOGOSA

책머리에

사연은 이렇다. 수년 전에 나는 대학원에서 불교문학 강좌를 개설한 적이 있었다. 우리는 삼국시대와 고려를 거쳐 조선 말기에 이르는 불교사와 함께 불교 한시의 관련 연구서를 읽어나갔다. 그런 다음에 시대별로 유명 승려를 선정하여 소개하면서 불교 한시를 읽어나갔다. 우리는 그 과정에서 한 학기 동안 조선 전기와 중기의 불교 한시를 뽑아 공부하였다.

주지하다시피, 조선 시대는 강력한 숭유억불 정책으로 불교계가 크게 타격을 받았다. 불교 교단이 존립하기 어려웠고, 승려들을 천대하였다. 심지어 사찰은 수탈의 대상이었다. 조선의 배불 정책에 대하여 함허당은 『현정론(顯正論)』으로 불교 정당성을 드러내고자 하였다. 임진왜란과 병자호란 시기에는 서산대사를 시작으로 많은 승려가 무기를 들고 나라를 위해 싸웠다. 조선 시대에 불교가 위기에 처하자, 애국적인 고승들이 나왔다.

우리는 이런 사실에 흥미를 느꼈다. 자료를 수집하면서 스님들의 한시를 뽑다 보니 500여 수에 이르렀다. 여기에는 깨달음의 경지를 드러낸 선시(禪詩)를 비롯하여 당시 스님들의 교류나 자연 미감 등을 담은 다양한 내용을 담고 있었다. 당시 선정한 불교 한시를 이수진 선생이 입력하여 함께 번역하였다.

불교는 오랜 세월을 우리 민족과 함께 호흡해 왔다. 한국 불교는 중국이나 일본과 다른 역사성을 갖고 있기도 하다. 지금도 새로운 불교

자료가 나오고 있고 아직 정리조차 제대로 이뤄지고 있지 않은 실정이
다. 이 책은 불교 한시에 관심을 가진 일반 독자를 위한 것이다. 번역과
원문을 함께 제시하여 별다른 부담을 갖지 않고 읽을 수 있도록 하였다.

2026년 3월
구사회 쓰다.

차례

책머리에 ···3

함허 기화 涵虛 己和 ···25

가을날의 회포 秋日書懷 ···27

일 때문에 느낀 바 있어 因事有感 ···27

세상을 뛰어넘는 높은 자취 物外高蹤 ···28

송피반 松皮飯 ···29

강 위에서 江上 ···29

나옹을 모시는 야운 각우에게 贈懶翁侍者覺牛號野雲 ···30

이적 선생의 아름다운 운을 받들어 비루한 회포를 펼쳐
　　－〈품격이 보통 무리를 넘어서서〉

　　奉次李先生逖佳韻追伸鄙懷 －〈格出庸流〉 ···30

의산에서 擬山作 ···31

용화 장로에게 贈龍華老 ···31

길을 가다가 선재 동자를 생각하며 途中憶善財 ···32

〈희양산거〉를 본떠 擬曦陽山居 ···33

길을 가다가 途中作 ···34

마음이 태연하면 天君泰然 百體從令 ···34

청헌자를 이별하다가 양계를 지나는 줄도 모르고

　　因別淸軒子不覺過羊溪 ···35

승천포 배 위에서 乘天浦船上吟 ···35

부소산에 올라 송도를 바라보며 登扶蘇望松都 ···36

굴원을 읊다 賦屈原 … 36

회포를 읊다 詠懷 … 37

송당 松堂 … 37

송당의 운을 따라 次松堂韻 … 38

현등사에 제하여 題懸燈寺 … 38

이적과 이별하며 贈別李逖 … 39

맑은 날 밤에 淸夜吟 … 39

여산의 삼소도 廬山三笑圖 … 40

산중 취미 山中趣味 … 41

느낀 바 있어 有感 … 41

운악산을 노닐며 遊雲岳山 … 42

내리는 비 雨中 … 42

속리산 수정교 다리 위에서 次俗離洞水晶橋板上韻 … 43

임진강 배 위에서 臨津船上吟 … 43

산속 생활의 맛 山中味 … 44

설잠 김시습 雪岑 金時習 … 45

깨닫지 못하고 不覺 … 47

밤중에 앉아서 夜坐記事 … 48

봄에 산사에서 놀면서 春遊山寺 … 49

해가 창문에 窓日 … 49

스님에게 贈僧 … 50

옛 절 古寺 … 51

연경찬 蓮經讚 … 52

매공의 방에 쓰다 題梅公房 … 52

백석사 白石寺 … 53

소림암에 쓰다 題少林菴 ⋯54

봉미사 鳳尾寺 ⋯55

준상인에게 贈峻上人 ⋯58

습지가 산에 살기에 習之山居 ⋯60

밤에 앉아 불경을 보며 夜坐看經 ⋯61

저물녘 생각 晚意 ⋯62

무량사에서 병으로 누워서 無量寺臥病 ⋯63

벽송 지엄 碧松 智嚴 ⋯64

달마대사의 진영을 찬하여 讚達摩眞 ⋯65

육공을 겨루어 말을 구하며 賽六空求語 ⋯66

진일 선자에게 示眞一禪子 ⋯67

의선스님에게 示義禪小師 ⋯68

옥륜 선사에게 贈玉崙禪德 ⋯68

목암에게 示牧庵 ⋯69

도원 대사에게 寄道源大師 ⋯69

희준 선사에게 贈曦峻禪德 ⋯70

심인스님에게 贈心印禪子 ⋯70

스스로 조롱하며 自嘲 ⋯71

허응 보우 虛應 普雨 ⋯72

산에 살면서 山居雜咏 ⋯74

졸다가 깨어 종소리를 듣고 睡餘聞鐘卽事 ⋯74

선승과 이별하며 示禪上人見別 ⋯75

배를 타고 무동암을 지나며 舟過舞童岩 … 75

동림정에 올라서 上東林亭 … 76

낙산잡영 洛山雜咏 … 76

어린 제자 쌍순에게 示小資雙淳 … 77

부상인에게 示膚上人 … 79

우연히 읊다 偶吟 … 79

보상인을 이별하며 別寶上人 … 80

산거잡영 山居雜咏 … 80

벽사 주지스님의 옥사 연루 소식을 듣고 聞甓寺主僧繫獄 … 81

오도산에 올라 登悟道山 … 81

밤중에 월계를 지나면서 夜過月溪途中 … 82

몸을 씻다 머리털이 모두 세었다는 말에 因浴聞頭髮盡華 … 82

삼뢰진에 정박하여 청평산을 바라보며 泊三雷津望淸平山 … 83

행스님의 병문안에 감사하여 行上人雪中 來見病僧 以偈贈別 … 83

일을 기뻐하며 因事自慶 … 84

지팡이 끌면서 달 아래 걸으며 携筇步月 … 85

낙산으로부터 돌아가며 명사 길 위에서 自洛山 還曆鳴沙道上 … 85

비 온 뒤 봄 정자에서 春亭雨後卽事 … 86

진불암 眞佛庵 … 87

안심대에서 잠을 자며 宿安心坮 … 88

개심대에 올라서 上開心坮 … 89

사자암 師子庵 … 90

대존암 大尊庵 … 91

원통암 圓通窟 … 92

회·임 두 작은 스님을 탁발하러 보내며 送會林二小師下乞 … 93

희법스님의 축운에 따라 次熙法師軸韻 … 94

벗이 찾기에 綠友求見入城 見罷還栖 … 95

멀리서 찾아오는 벗에게 示自遠方來之友 … 96

불지암 佛地庵 ···97

공장로에게 寄空長老 ···98

봄 산 春山卽事 ···99

산중에서 山中卽事 ···100

봄날 아침에 벗을 찾아 春朝訪友 ···101

아버지를 뵈러 가는 임소사를 보내며 送林小師覲父之歸 ···102

계사스님의 방에 묵으며 宿戒師方丈 ···103

저자도를 방문하여 訪楮子島 ···104

묘향산으로 돌아가는 요선자를 보내며 送寥禪子還妙香 ···105

한원통에게 示閑圓通 ···106

중대의 텅 빈 전각에서 中臺空殿卽事 ···107

청평 잡영 淸平雜咏 ···109

꿈에서 깨어나 기뻐서 夢破餘 不勝自幸 快詠一律 以示心知 ···111

가을 누대에서 회포를 적다 秋樓述懷 ···112

수미암에 오르며 上須彌庵 ···113

창문을 열고 봄을 감상하다 開窓賞春 ···114

망고봉에 올라서 登望高峰 ···115

영은암 靈隱菴 ···116

작은 스님을 경계하여 警示小師 ···117

감스님에게 - 질문한 선과 교의 깊고 옅음에 대한 대답과 함께

寄鑑禪人 幷答禪敎深淺之問 ···118

세상을 한탄하는 시를 지어 마음의 벗에게 述嘆世詩示心知 ···119

석왕사에서 題釋王寺 ···120

회포를 적다 述懷 ···121

흥을 달래며 遣興 ···122

취선에게 寄醉仙 ···123

작은 스님들에게 공부를 독려하며

閑中書一伽陀 示小師等 做工勉力 ···124

청허 휴정 淸虛 休靜　　　… 125

청허가 淸虛歌　　… 127
임하사 林下辭　　… 128
송죽헌 주인에게 寄松竹軒主人　　… 130
남산에 올라 서울을 바라보며 登南山望都歌　　… 131
왕장군의 묘를 지나며 過王將軍墓　　… 132
벗을 만나 會友　　… 132
관동으로 가는 원스님을 보내며 送願禪子之關東　　… 133
푸른 바다 백사장을 가면서 靑海白沙行　　… 133
부휴자 浮休子　　… 134
망고대 望高臺　　… 134
불일암 佛日庵　　… 135
봉래자에게 寄蓬萊子　　… 135
가야산에 놀다 遊伽倻　　… 136
봄을 애석해 하며 - 장난삼아 어릴 적 친구에게 주다
　　惜春 - 戱贈竹馬　　… 136
죽마고우 이 군에게 贈李竹馬　　… 137
늙고 병들어 老病吟　　… 137
목암에게 題牧庵　　… 138
최고운의 글자를 모아서 集孤雲字　　… 138
여관을 지나다 거문고 소리를 듣고서 過邸舍聞琴　　… 139
달마가 강을 건너는 그림 達摩渡江圖　　… 139
선사의 진영을 찬탄하며 贊先師眞　　… 140
그림자를 돌아보고 느낀 바 있어 顧影有感　　… 140
각행대사 覺行大師　　… 141
서도에서의 회고 西都懷古　　… 141
초가집 草屋　　… 142

약속이 있는데 그대는 오지 않고 有約君不來 … 142

성오를 가다가 省塢途中 … 143

관탄에서 冠灘卽事 … 143

윤방백에 차운하여 次尹方伯韻 … 144

법광사를 지나며 過法光寺 … 144

산을 나서는 처영스님을 보내며 送處英禪子出山 … 145

싸잡아 헤아려서 通決 … 145

봉래산에서 蓬萊卽事 … 146

백아 그림에 쓰다 題伯牙圖 … 146

윤상사의 옛집을 지나며 過尹上舍舊宅 … 147

숨어 사는 사내 隱夫 … 147

송암의 도인 松庵道人 … 148

초가집 草屋 … 148

옛 뜻 古意 … 149

죽은 스님을 곡함 哭亡僧 … 149

일선암 벽에 쓰다 題一仙庵壁 … 150

만호 장응벽을 보내며 送張萬戶應壁 … 150

쌍계사 방장 雙溪寺方丈 … 151

화산의 숨어 사는 사람 花山隱者 … 151

용성 김악사를 만나서 성원에서 자다 遇龍城金樂士宿星院 … 152

홍류동 紅流洞 … 152

삼몽사 三夢詞 … 153

꿈속에 이태백 묘를 지나며 夢過李白墓 … 153

고향에 돌아와서 還鄕 … 154

호독조 呼犢鳥 … 154

병석에서 病懷 … 155

혜종선자를 보내며 送慧聰禪子 … 155

어릴 적 친구 이(李)와 헤어지며 別李竹馬 … 156

풍악으로 가는 응 사미승이 보내며 送應沙彌之楓岳 … 156

성에 들어가는 심스님을 경계하여 誡心禪子入城 … 157

스스로 조롱하다 自嘲 … 157

성방백이 게송을 구하기에 답하다 答成方伯求頌 … 158

감선자의 방문을 감사하다 謝鑑禪子來訪 … 158

박선비 초당 朴上舍草堂 … 159

변방 장수에게 부치다 寄邊帥 … 159

밤에 남명에서 자면서 南溟夜泊 … 160

현산의 화촌을 지나며 過峴山花村 … 161

지언스님의 귀령에 주다 贈志彦大選之歸寧 … 162

달을 읊다 詠月 … 163

고시를 모은 감흥으로 感興集古詩 … 164

감호대에서 題鑑湖臺 … 165

보원스님을 보내며 送普願上人 … 166

정관 일선 靜觀 一禪 … 167

대둔사에서 題大芚寺 … 168

화두조 話頭鳥 … 168

고적대로 돌아가다 歸高寂坮 … 169

설잠스님에게 드리다 贈雪岑 … 169

현묵스님에게 드리다 贈玄默 … 170

눈멀고 귀먹은 스님에게 贈盲聾禪老 … 170

불망기 不忘記 … 171

금강대에 다시 올라 重上金剛臺 … 171

보은태수께 올리다 上報恩太守 … 172

도파원으로 돌아가며 작별하다 歸兜波院留別 … 172

옛 절 古寺 … 173

지선객에게 贈芝禪客 … 174

관선자에게 드리다 贈觀禪子 … 175

칠불암에서 題七佛庵 … 176

통도사에서 題通度寺 … 177

행로난 行路難 … 178

선자에게 贈禪者 … 179

본원 자성 천진불 本源自性天眞佛 … 180

두류산 스님에게 贈頭流僧 … 181

희 법사 스님에게 드리다 贈法師熙上人 … 182

영허 해일 暎虛 海日 … 183

대용 大用 … 184

나그네의 한탄 客恨 … 185

인월암 引月庵 … 185

절구 絶句 … 186

흐르는 물 流水 … 186

산에 살며 山居 … 187

준 대덕 스님을 애도하며 挽俊大德 … 187

염불승 念佛僧 … 188

일물 一物 … 189

나의 뜻 自意 … 190

제월 경헌 霽月 敬軒 ··· 191

조용히 숨어 살며 幽居 ··· 192
산을 떠나는 원도를 보내면서 送元道者出山吟 ··· 192
비 온 뒤 청산의 아름다움 靑山雨後奇 ··· 193
빈 절에서 자면서 宿空寺吟 ··· 194
여관에서 벗을 만나 旅館逢友人 ··· 195
심생원의 운을 따라 次沈生員韻 ··· 196
불일암에서 자면서 宿佛日庵 ··· 196
스스로 조롱하며 自嘲 ··· 197
희옥선자에게 贈熙玉禪子 ··· 198
준선덕의 구어에 답하다 賽俊禪德求語 ··· 199
함께 머무는 도반에게 示同住道伴 ··· 200
멀리 있는 사람을 생각하며 憶遠人 ··· 201

부휴 선수 浮休 善修 ··· 202

준 상인에게 贈俊上人 ··· 203
욱 장로에게 贈昱長老 ··· 204
공림사에서 잠을 자며 宿空林寺 ··· 205
일선화가 말을 구하기에 一禪和求語 ··· 205
고수재의 운에 맞춰 次高秀才韻 ··· 206
고향 스님 각 장로의 시축에 題鄕僧覺長老詩軸 ··· 206
종봉에 차운하여 次鍾峰韻 ··· 207
유상공 노인네에게 贈兪相公老爺 ··· 207
어떤 스님에게 贈某禪子 ··· 208
환스님에게 贈環師 ··· 208

황혼에 부르는 소리를 듣고 黃昏聞喚聲　…209

준상인에게 贈峻上人　…209

고향으로 돌아가는 사람을 보내며 送人歸故山　…210

불정대 佛頂坮　…210

한 조각 한가한 구름이 푸른 허공을 지나가는데
　　一片閑雲過碧空　…211

복천동대 福泉東坮　…211

고향으로 가는 호상인을 보내며 送浩上人之故鄕　…212

고향으로 돌아가는 조카 혜일을 보내면서 送姪惠日歸故鄕　…212

김처사에게 寄金處士　…213

백진사의 시에 차운하여 스님에게 주다 次白進士韻贈僧　…213

고향으로 가는 쌍익을 보내며 送雙翼之故鄕　…214

담선자에게 贈湛禪子　…214

서순상에게 바치다 奉徐巡相　…215

김사인을 받들어 奉金舍人　…215

송운에게 부쳐 寄松雲　…216

남궁 진사의 운을 따라서 次南宮進士韻　…216

산거잡영 山居雜詠　…219

치악산 상원에서 雉岳山上院　…220

정양사 현판의 운을 따라 次正陽懸板韻　…221

피리 소리를 듣고 聞笛　…222

사명대사를 곡함 挽松雲章　…223

고수재의 운을 따라 次高秀才韻　…224

정상인에게 주다 贈正上人　…225

송계당의 운을 따라 次松溪堂韻　…226

산영루의 제운을 따라 次山影樓題　…227

정상인을 방문하여 만나지 못하고 訪鄭山人不遇　…228

김생원에게 부치다 次寄金生員　…229

정산인에게 次鄭山人 … 230

암선백에게 주다 贈岩仙伯 … 231

사명 유정 四溟 惟政 … 232

매화와 대나무 병풍에 제하여 題梅竹屛風 … 233

기축년 횡액으로 반역 감옥에서 己丑橫厄逆獄 … 234

부벽루에서 이한림의 운을 사용하여 浮碧樓用李翰林韻 … 234

남원영에서 在南原營 … 235

함양을 지나며 過咸陽 … 235

북망산을 지나며 過北邙山 … 236

서도를 지나며 過西都 … 236

진헐대 眞歇臺 … 237

만폭동 萬瀑洞 … 237

반야사에서 묵으며 宿般若寺 … 238

고향에 돌아와서 歸鄕 … 238

용천관에서 밤중에 귀뚜라미 소리를 듣고서 龍泉館夜聽秋蟲 … 239

신라의 옛 여관에서 밤중에 앉아서 新羅故館夜坐 … 239

회포를 적으며 寫懷 … 240

승병을 거느리고 상원을 건너면서 壬辰十月領義僧渡祥原 … 240

선죽교를 지나며 過善竹橋 … 241

단양으로 가는 도중에 말이 죽어서 己亥冬丹陽塗中斃戰馬 … 242

한상사에게 드리며 奉韓上舍 … 242

임금이 서쪽으로 몽진했다는 소식을 듣고 통곡하며

　　聞龍旌西指痛哭而作 … 243

허생에게 贈許生 … 243

성수재에게 贈成秀才 … 244

잡혀서 강릉에 오면서 擒下江陵 … 244

회문시로 기수재에게 주면서 回文贈奇秀才 … 245

복주 서원사에서 福州西原寺 … 246

부벽루 이한림의 운을 따라서 浮碧樓 次李翰林韻 … 247

진천을 지나며 過震川 … 248

삼가 받들어 서울의 재상들에게 바다를 건너기를 청하는 시

謹奉洛中諸大宰乞渡海詩 … 249

송도를 지나며 過松都 … 250

호사에서 옛 친구와 헤어지며 湖寺別古人 … 251

죽도에서 어떤 늙은 유생의 조롱에 답하면서

在竹島有一儒老譏山僧不得停息以拙謝之 … 252

대마도 객관에서 치통으로 신음하면서

在馬島客館左車第二牙無故酸痛伏針呻吟 … 253

선소의 운을 따라 次仙巢韻 二首 … 254

대마도에서 숙소 뜰에 국화가 활짝 핀 것을 보고서

在馬島館庭菊大發感懷 … 256

도쿠가와 이에야스의 큰아들이 거듭 선학에 대해서 묻기에

家康長子 有意禪學 求語再勤仍示之 … 258

밤중에 배에 앉아서 舟中夜坐 … 259

본법사에서 섣달 그믐날에 在本法寺除夜 … 260

송원종 장로 스님께 贈松源宗長老僧 … 262

본법사에서 밤에 앉아 本法寺夜坐 … 263

송원종 장로 스님에게 正月十二日雨雪 松源宗長老釋 折繁花一枝 使仙

巢來示曰 此花之名 未知詳也 以鄙意稱之紅雨桃紅雪櫻 是意如何 願

聞印可也 余以一絶示之 … 264

백운사 白雲寺 … 265

일본 원이교사에게 주다 贈日本圓耳敎師 … 266

달마후품 達磨後品 … 267

달마가 금릉에 이르러 達磨到金陵 … 268

형상에 머물러 방편에 응하다 留形應方 … 268

원길의 운을 따라서 次元佶韻 … 269

숙노의 운을 따라서 次宿蘆韻 … 270

화첩에 쓰다 題畵帖 … 271

청매 인오 靑梅 印悟 … 272

가을빛 秋色 … 273

길을 가다가 途中 … 273

운흥관 雲興館 … 274

서쪽 누대에서 자면서 宿西樓 … 274

눈을 읊다 吟雪 … 275

봄날 春日 … 275

느낀 바 있어 有懷 … 276

불쌍한 까마귀 憐烏 … 277

혼자 사는 중을 조롱함 嘲獨居僧 … 278

서산스님에게 드림 贈西山僧 … 279

기암 법견 奇巖 法堅 … 280

금강산에 살면서 居金剛山 … 281

또 又 … 282

비로봉에 올라서 登毗盧峯 … 283

오래된 동굴의 차가운 샘 古洞寒泉 … 284

백천교 百川橋 … 284

초가을에 느낀 바 있어 初秋有感 … 285

단풍을 읊다 咏楓 … 285

한 자루의 칼 一口釖 … 286

또 又 … 287

산중에서 山中偶事 … 288

산승 山僧 … 288

이른 여름 早夏 … 289

우연히 읊다 偶吟 … 289

사립문을 닫고서 掩柴扉 … 290

대동강의 회고 大同江懷古 … 291

길옆 빈집에서 비를 피하면서 途傍空舍避雨 … 292

소요 태능 逍遙 太能 … 293

서쪽 정자에서 숙박하며 宿西亭 … 294

진사 유철이 운자를 불러 柳進士鐵呼韻 … 294

밤중에 앉아서 회포를 적다 夜坐書懷 … 295

묵 장로에게 받치다 奉默長 … 295

원상인을 이별하면서 贈別圓上人 … 296

준소사를 이별하며 贈別俊少師 … 296

조행소사를 애도하여 哀祖行少師 … 297

성원선자에게 주다 贈性源禪子 … 298

한 장로의 운을 따라 次閑長老韻 … 298

능허자를 이별하며 別凌虛子 … 299

병석 중에 회포를 적다 病裏書懷 … 299

꿈속에서 매화를 읊다 夢中詠梅 … 300

임상사 운에 쓰다 次林上舍韻 … 300

가을을 만나 느낀 바 있어 逢秋有感 … 301

목우행 牧牛行 … 301

가을밤에 우연히 읊다 秋夜偶吟 … 302

선행 우바이에게 示善行優婆夷 … 303

영탄을 탄식하여 嘆當初 以靈坦爲傳法人 而外習誤落邪途也 … 304

산중에서 회포를 읊다 山中詠懷 … 305

방장산에 들어가 우연히 읊다 入方丈山偶吟 … 306

늦봄 暮春 … 306

최수찬의 운을 따라서 次崔修撰韻 … 307

신상사의 운에 따라 次愼上舍韻 … 308

취봉의 운을 따라 次翠峰韻 … 309

인문상인에게 주다 次贈印文上人 … 310

청련대 벽위에 쓰다 題淸蓮坮壁上 … 311

스스로를 애도하며 自挽 … 312

무제 無題 … 313

무제 無題 … 314

중관 해안 中觀 海眼 … 315

금강산 미륵봉 향로암에서 청허대사를 뵙고서

　　金剛山彌勒峰 香爐庵拜淸虛大師 … 316

용성부 수령인 신공의 운을 따라서 次龍城府伯申公韻 … 317

부도를 만드는 스님을 조롱하며 嘲爲仁僧浮屠 … 318

삼선 장로를 애도하며 三禪老挽 … 319

이름을 사양하며 우연찮게 읊다 謝名偶吟 … 320

차운하여 아영태수에게 주다 次韻贈阿英太守 … 321

장마 중에 부령 임공의 문안을 받고 扶寧任公苦雨相問韻 … 322

김상사 운을 따라서 次金上舍韻 … 323

부령의 환속하는 스님에게 贈扶寧向俗僧 … 323

석장을 방문하여 만나지 못하고 訪石塘不遇 … 324

조춘행 早春行 … 324

『남화경』을 읽고서 讀南華經有感 … 325

임거사의 방문을 받고 任居士見訪 … 325

한가한 가운데 읊다 閑中雜詠 … 326

뇌묵스님이 꿈속에서 雷默師翁夢中贈一封書丁寧勿洩 … 327

산에 사는 가을 흥취 山居秋興 … 327

선을 말하는 사람을 희롱하며 戲人言禪 … 328

겨울날 호남으로 가면서 冬日湖南行 … 328

대은암에 새 자리를 틀고 大隱庵新居 … 329

느낀 바 있어 有感 … 329

분세 이야기에 답하다 答分歲話 … 330

기씨집 아이를 애도하며 哀奇家兒 … 330

충원태수 송공에게 贈忠原太守宋公 … 331

용문에서 한가로이 살면서 龍門閑居 … 331

영월 청학 詠月 淸學 … 332

스님을 봉래로 보내며 送僧蓬萊 … 333

산사에서 거문고 소리를 듣고서 山寺聞琴 … 334

강생원에게 次姜生員 … 335

이별을 아쉬워하며 惜別 … 335

임생원에게 次林生員 … 336

편양 언기 鞭羊 彦機 … 337

산중에서 우연히 읊다 山中偶吟 … 339
우연히 한 구절 읊어서 계명산인에게 주다
　偶吟一絶 贈戒明山人 … 339
임상사의 운을 따라 次任上舍韻 … 340
습스님에게 贈習師 … 340
해욱선자에게 贈海旭禪子 … 341
안선연경의 시를 받들어 奉示安禪蓮卿詩 … 341
이승지의 운을 따라 次李承旨韻 … 342
동림의 운을 따라서 次東林韻 … 342
우연히 읊다 偶吟一絶 … 343
숲속의 노래 林下謳 … 344
두견 소리를 듣고 聞杜鵑 … 345
풀벌레 소리를 듣고서 聽草虫 … 346
가을 의미 秋意 … 347
하얀 눈을 읊다 吟白雪 … 347
상사 박장원의 운을 따라서 次朴上舍長遠韻 … 348
설청스님에게 차운하여 드리다 次贈雪晴師 … 348
섣달 초파일 밤에 題臘月八夜 … 349
풍악으로 가는 희스님을 보내며 送熙師之楓嶽 … 349
향림으로 들어가려고 보순스님에게 將入香林示寶淳師 … 350
욱장로에게 받들어 보이다 奉示旭長老 … 351
내원에서 의상대를 바라보며 內院對義湘台 … 352
뜰의 꽃 庭花 … 352
최생의 운을 따라 次崔生韻 … 353
쌍송암 雙松庵 … 355
능제공의 외딴 삶에 부쳐서 寄能濟公幽居 … 356

경암에게 贈敬庵 … 357

각지에게 주다 贈覺地 … 357

신원스님에게 贈信元上人 … 358

휘스님에게 贈暉師 … 359

부채와 필묵을 보내온 후의에 감사하며 謝扇筆墨厚意 … 360

윤판서의 화운을 따라서 次尹判書華韻 … 360

산에 살다 山居 … 361

헤어지며 은스님에게 주다 贈隱師以別 … 362

봉래산 경잠스님 逢萊敬岑師 … 363

봉래산 蓬萊山 … 364

취미 수초 翠微 守初 … 365

좌선하는 도순스님에게 贈坐禪僧道順 … 367

길을 가다가 피곤해서 倦行吟 … 368

산에서 우연히 읊다 山中偶吟 … 370

꽃을 마주하며 對花 … 371

회상인의 운에 따라 次會上人韻 … 372

산에 살며 山居 … 372

김처사에게 示金處士 … 373

선을 묻는 스님에게 示問禪僧 … 373

꾀꼬리 소리를 들으며 聽鶯 … 374

남해의 스님에게 贈南海僧 … 374

고향에 돌아와서 回鄕 … 375

춘파자에게 寄春坡子 … 376

정 장군에게 答鄭將軍 … 376

면벽 面壁 … 377

쇠 바리때 鐵鉢　　　　　　　　　　　　… 378

허백 명조 虛白 明照　　　　　　　　　　… 379

천마산에 올라 登天磨山　　　　　　　… 381

칠불사 七佛寺　　　　　　　　　　　… 381

산에 살며 山居　　　　　　　　　　　… 382

유성 민가에서 투숙하여 宿楡城民家　　… 383

토산의 상곡 별장에서 兎山桑谷別墅　　… 384

홍덕에서의 연꽃 감상 興德賞蓮　　　　… 385

입석에서의 낚시질 立石釣魚　　　　　… 386

나비꿈 胡蝶夢　　　　　　　　　　　… 387

해운대 海雲坮　　　　　　　　　　　… 388

창원의 벽한루 운을 따라 次昌原碧寒樓韻　… 389

비를 무릅쓰고 황주에 들어오다 冒雨入黃州　… 390

북창 北窓　　　　　　　　　　　　　… 391

봄을 보내며 送春　　　　　　　　　　… 391

화담 花潭　　　　　　　　　　　　　… 392

다시 동래에 이르러 復到東萊　　　　　… 392

함허 기화
涵虛 己和
[1376~1433]

고려 우왕(禑王) 2년(1376)에 중원(中原, 현재 충주)에서 태어났다. 성은 유씨(劉氏)이고 이름이 기화(己和)이다. 호(號)는 득통(得通)이며 자호(自號)가 함허당(涵虛堂)이다. 어머니 방씨(方氏) 부인께서 부처가 아이를 이끌고 품속으로 들어오는 꿈을 꾸고 임신하였다고 한다.

스님은 출가하기 이전에 태학에 들어가서 경학과 문사를 익혔다. 그러다가 21세에 친구의 죽음을 보고 삶의 무상을 느껴 관악산에 있는 의상암으로 출가하였다. 이후로 회암사에 주석하고 있던 무학대사(無學大師)에게 나아가 배웠다. 이 때 회암사에서 정진하던 중에 크게 깨우쳤다. 나중에 공덕산 대승사, 천마산 관음굴, 불희사 등에 머물면서 학인들을 이끌었다. 세종 2년(1420)에 희양산 봉암사를 중창하였고, 그곳에서 세종 15년(1433)에 입적하였다. 세수는 58세이고 법랍은 38년이었다.

함허당은 무학대사의 법을 이은 선승이다. 불경의 주소(註疏) 등과 시문을 남겼다. 스님은 조선 초기 척불 정책의 와중에서 불교를 지키려고 노력하였다. 특히 그의 『현정론(顯正論)』은 당시 척불론의 기수였던 정도전의 『불씨잡변(佛氏雜辨)』에 대하여 불교 정당성을 드러내고자 노력하였다. 여기에서 스님은 불교와 유교뿐만 아니라, 도교까지 포함하는 삼교 일치를 주장하였다. 이 삼교 일치의 사상은 신라말 최치원의 사상에서도 나타나지만, 본격적인 내용은 그에 의해서 시작되었다. 스님은 조선 초기 배불정책이 극에 다다르자, 불교의 정법과 이치를 밝혀서 유학의 불교에 대한 비판적 오류를 바로잡고자 노력하였다.

저서로는 『함허당득통 화상어록(涵虛堂得通 和尙語錄)』을 비롯하여 『원각경소(圓覺經疏)』 3권, 『반야오가해 설의(半夜五家解 說誼)』 1권, 『영가집 설의(永嘉集說誼)』, 『현정론(顯正論)』 1권, 『반야참문(般若讖文)』 2질, 『윤관(綸貫)』 1권, 『함허서(涵虛序)』 1권, 『대영소참하어(對靈小參下語)』, 『유석질의론(儒釋質疑論)』 등이 있다. 그리고 경기체가인 〈미타찬〉·〈안양찬〉·〈미타경찬〉이 있다.

가을날의 회포

높은 하늘과 맑은 구름과 서늘한 기운
밝은 달과 맑은 바람에 흥취가 절로 길다.

저 멀리 도연명의 세 갈래 길의 취향을 생각하며
국화 떨기 속에 누워 향기를 맡아본다.

秋日書懷

天高雲淡氣微凉, 月白風淸味自長.
遙憶淵明三徑趣,[1] 菊花叢裡臥聞香.

일 때문에 느낀 바 있어

산은 평평하게 하고 바다는 메울 수 있어도
사람 마음은 그럴 수 없으니 되려 편안하다.

가시나무건 복사꽃이건 마음대로 맡겨 두니
눈앞에 미세한 티끌이 조금도 없어라.

因事有感

山可令夷[2]海可塡, 人心難盡使恬然.
任他荊棘桃花態, 未有纖塵在眼前.

---

1 도연명의 〈귀거래사(歸去來辭)〉의 '삼경이 날로 황폐해지려 하네.'라는 구절에서
  유래한 구절.
2 이(夷): 여기에서는 '평평하다'라는 뜻임.

세상을 뛰어넘는 높은 자취

도시락과 누추한 살림살이는 서생의 취향이고
누더기 가사와 검은 지팡이는 승려의 위의(威儀)라오.

다시금 무슨 인연으로 기억하겠는가
봄바람과 가을 달에 눈썹을 휘날릴 뿐이다.

物外高蹤

簞瓢³陋巷書生趣, 糞掃⁴烏藤衲子⁵儀.
更有何緣堪記取, 春風秋月但揚眉.

---

3   단표(簞瓢): 단사표음(簞食瓢飮)의 줄임말. 밥을 담는 대나무 도시락과 물을 마
    시는 표주막. 가난한 살림.
4   분소(糞掃): 분소의(糞掃衣), 속인들이 버린 헌옷을 주워서 기워 만든 가사.
5   납자(衲子): 승려.

송피반

구름을 잡고 돌에 앉아 청산에서 늙으리니
만물이 다하고 잎 지어도 홀로 추위를 견디리라.

너를 알겠나니, 몸을 부수어 세상맛과 버무려서
이 맛으로 사람들이 청한(淸寒)을 배우게 한다.

松皮飯[6]

拏雲踞石老靑山, 物盡飄零獨耐寒.
知爾碎形和世味, 使人緣味學淸寒.

강 위에서

강 위로 들려오는 누구의 피리 소리인지
달은 물결 속을 비추고 사람 자취마저 끊겼다.

얼마나 다행인가, 이 몸이 이제 여기 이르러
뱃전에 홀로 기대어 앉아 푸른 허공을 바라본다.

江上

聲來江上誰家笛, 月照波心[7]人絶跡.
何幸此身今到此, 倚船孤坐望虛碧[8].

---

6   송피반(松皮飯): 솔 껍질로 만든 밥.

7   파심(波心): 물결 속.

8   허벽(虛碧): 푸른 허공.

나옹을 모시는 야운 각우에게

강월헌 앞에 떠 있는 강달이 밝고
야운당 위에는 들 구름이 한가하다.

구름 빛과 달빛이 빛나며 교차하는 곳
방이 텅 비어 이 몸이 절로 편안하다.

贈懶翁侍者覺牛號野雲

江月軒前江月白, 野雲堂上野雲閑.
雲光月色交輝處, 一室含虛體自安.

이적 선생의 아름다운 운을 받들어 비루한 회포를 펼쳐
－〈품격이 보통 무리를 넘어서서〉

송곳 꽂을 땅도 없이 청정함이 끝이 없는데
도 닦는 사람의 청빈함은 참으로 여기에 맞다.

생각건대, 선생은 가난을 즐거워하나니
솔바람과 강 달로 띠 집을 삼았네.

奉次李先生逖佳韻追伸鄙懷－〈格出庸流〉

卓錐[9]無地淨無餘, 道者淸貧誠合如.
想得先生貧所樂, 松風江月以爲廬.

9　탁추(卓錐): 송곳을 세움.

의산에서

달길 걷다 우러러보면 산 높이 솟아 있고
바람 불어 귀 기울이면 물소리 차갑다.

도인의 사는 계책이 이와 같을 뿐이니
어찌 구차하게 세속의 정을 따르랴.

擬山作

步月仰看山矗矗, 乘風俯耳水冷冷.
道人活計只如此, 何用區區順世情.

용화 장로에게

허망하고 덧없는 한 평생이 그지없어
무슨 일로 사람들은 하루도 한가롭지 못한가.

보배로우신 우리 스님, 그윽함과 홀로 됨을 사랑하여
한 해가 다 가도록 끝내 청산을 내려오지 않으시네.

贈龍華老

虛浮百歲大無端, 何事人無一日閑.
珍重吾師愛幽獨, 經年終不下靑山.

길을 가다가 선재 동자를 생각하며

거리낌도 걸림도 없이 크게 한가한 몸
가는 곳마다 산과 물이 새롭고 새롭다.

이 모두 백성은 해와 달이 한가로운데
다만 부끄러운 것은 사람이 옛사람이 아닌 것.

途中憶善財[10]

無拘無繫大閑身, 到處溪山新又新.
渾是百姓閑日月, 但慚人未昔年人[11].

---

10 선재(善財): 〈화엄경〉 입법계품에 나오는 구도자. 53선지식을 두로 찾아뵙고 후
    에 10大願을 성취했다고 한다.
11 석년인(昔年人): 여기에서는 선재(善財)를 말한다.

〈희양산거〉를 본떠

깊은 산 빽빽한 나무들, 조용히 살기에 알맞고
경계 고요하고 사람 드물어 흥이 남아돈다.

여기에다 맑은 의미로 배가 부르니
문득 이 몸과 세상을 잊으니 저절로 한가롭다.

擬曦陽山居

山深木密合幽居, 境靜人稀興有餘.
飽得箇中淸意味,[12] 頓亡身世自容與.

---

12 청의미(淸意味) : 맑은 뜻, 순수한 의미. 소강절(邵康節)의 〈청야음(淸夜吟)〉이
　　라는 시에 '月到天心處, 風來水面時, 一般淸意味, 了得少人知'라는 구절이 있다.

길을 가다가

구룡산 아래 나 있는 한 갈래 길
끝없는 봄빛에 눈앞이 환하다.

붉고 흰 꽃이 피어 있는 산그림자 속을
가다가 보고 가다가 보고 다시금 하늘을 본다.

途中作
九龍山下一條路,¹³ 無限春光煥目前.
紅白花開山影裡, 行行觀地復觀天.

마음이 태연하면

오랑캐 스님 눈망울은 어찌 쪽빛에서 나와 푸르고
선객 얼굴은 술 때문에 붉은 것이 아니다.

구슬은 본래 티가 없어야 빛깔도 좋은 법
마음 밭이 맑아지면 외모도 서로 같아지는걸.

天君¹⁴泰然 百體從令
胡僧眼豈從藍碧, 仙客顔非假酒紅.
玉本無瑕光亦好, 心田苟淨貌相同.

---

13 일조로(一條路): 끊길 듯 말 듯 나 있는 한 줄기 오솔길.
14 천군(天君): 마음을 뜻함.

청헌자를 이별하다가 양계를 지나는 줄도 모르고

그대는 흐르는 물을 따라 산을 나와 떠나가는데
나는 둥우리를 찾는 저녁 새를 좇아서 돌아온다.

백련사 셋 웃음 모습을 기억하며
오락가락 스스로 만족하니 이 몸이 한가롭다.

因別淸軒子不覺過羊溪

君隨流水出山去, 我逐尋巢暮鳥還.
因憶白蓮三笑[15]態, 彷徨自足一身閑.

승천포 배 위에서

잔잔한 바람과 트인 바다에 물은 넘실거리는데
서쪽 봉우리에 해 떨어지니 달이 동산에 떠오른다.

한 조각 조각배의 끝없는 뜻은
수만 리 흰 구름에 아득히 담겨 있다.

乘天浦船上吟

風微海濶水溶溶, 日落西峰月上東.
一葉扁舟無限意, 白雲萬里滄茫中.

---

15 백련삼소(白蓮三笑): 여산(廬山) 동림사(東林寺)의 혜원(惠遠)스님과 도연명
(陶淵明), 그리고 육수정(陸修靜) 사이에 있었던 고사에서 유래한 말. '호계삼소
(虎溪三笑)'라고도 한다.

부소산에 올라 송도를 바라보며

눈 가득 천여 대문과 만여 개의 집
집마다 모두 주인이 있었는데.

주인이 떠난 후 집도 무너졌으니
옛날처럼 청산만 푸른 하늘에 솟아 있구나.

登扶蘇望松都

滿目千門與萬戶, 家家共有主人公.
主人去後家應壞, 依舊靑山聳碧空.

굴원을 읊다

천년 멱라수에 가을바람 부는데
얼마나 많은 시인들이 감상에 젖었을까.

그것은 그때 일을 연민해서가 아니고
이루지 못했던 큰 포부를 슬퍼함이라네.

賦屈原

汨羅千載秋風晩, 多少騷人有感情.
不是憐渠當日事, 祇憐遐趣竟無成.

회포를 읊다

평생 눈앞에 기복이 많았나니
얼마나 부질없이 이름 위해 이 한 몸 그르쳤던가.

하늘 끝 먼 산부리가 나를 기다리니
솔바람 담장 넝쿨 달에 정신이 상쾌하다.

詠懷

平生眼底多升降, 幾爲閑名誤一身.
天末遙岑應待我, 松風蘿月爽精神.

송당

빽빽하여 홀로 푸르고 온 겨울 눈 내리니
집에 사는 주인은 마음이 더욱 맑으리라.

적적하고 맑고 한가로운데 화로에서 향이 타고
추위를 이겨내는 가지 위로 밝은 달을 맞이한다.

松堂

森森獨翠三冬雪, 堂上主人心愈潔.
圓寂淸閑香一爐, 耐寒枝上邀明月.

송당의 운을 따라

자연이 좋아서 산을 내려오지 않는 것은
차가운 계곡물과 푸른 솔을 좋아하기 때문.

괴로워라, 세상 명예를 탐내는 사람은
날마다 임금이 나를 받아주지 않을까 두려워한다.

次松堂韻

甘分烟霞不下峰, 爲憐寒澗與靑松.
苦哉世上貪名客, 日恐君王莫我容.

현등사에 제하어

현등산에 매달려 있는 현등사에는
돌에 떨어지며 날리는 샘물에서 나는 소리.

천 길과 만 길로부터 흘러나와
푸른 바다에 닿기 전에는 멈추지 않는다.

題懸燈寺

懸燈山帶懸燈寺, 落石飛泉上下聲.
出自千尋與萬丈, 滄溟未到不曾停.

이적과 이별하며

강이 산그림자를 적시고 가을 하늘을 담았는데
그대는 강 서쪽으로, 나는 동쪽으로 향한다.

이런 경지와 이 시절의 끝없는 의미를
다시 만나 흰 구름 속에서 이야기 하자구나.

贈別李逖
江涵山影漾秋空, 君向江西我向東.
此境此時無限意, 相逢相話白雲中.

맑은 날 밤에

깊은 산 우거진 숲에서 나는 바람 소리
교교한 달빛 잔잔한 바람에 밤기운이 서늘하다.

다만 한스러운 것은 사람들 모두가 꿈속에 들어
맑은 밤의 흥취가 얼마나 좋은지 모르는 것이라네.

淸夜吟
山深木密生虛籟, 月皎風微夜氣凉.
却恨時人皆入夢, 不知淸夜興何長.

여산의 삼소도

여산 호계에 난 한 갈래 깊숙한 오솔길에
누런 두건, 흰 누더기와 푸른 옷깃.

세 사람이 함께 걸으며 모든 것을 잊었나니
세 웃음소리가 옛날부터 지금까지 높다.

廬山三笑圖[16]

盧岳虎溪一徑深, 黃巾[17]白衲[18]與靑衿[19].
三人同步渾忘却, 三笑聲高古到今.

16　여산삼소도(廬山三笑圖): 불교의 고승이었던 혜원(慧遠), 도교의 육수정(陸修
　　靜), 유교의 도연명(陶淵明)이 만나서 담소하던 고사를 그린 그림. 이것은 동양의
　　3대 종교였던 유·불·도의 공존과 삼교 회통을 상징하는 고사임.
17　황건(黃巾): 두건을 쓴 도사 육수정(陸修靜)을 말함.
18　백납(白衲): 흰 납의를 입은 승려 혜원(惠遠)을 말함.
19　청금(靑衿): 푸른 깃의 옷을 입은 도연명을 말함.

산중 취미

옥수레와 금가마가 귀하지 않으니
삼군과 팔일무가 영화롭지 않다네.

가장 사랑하는 것은 바위에서 바라보는 달이고
누워 솔바람 소리 듣고 있노라면 눈이 절로 밝아진다.

山中趣味

玉輦金輿[20]非所貴, 三軍八佾[21]未爲榮.
最憐岩畔中霄月, 臥聞松籟眼惺惺.

느낀 바 있어

사방에서 불당을 부순다는 소리를 듣고
하염없이 두 눈에서 눈물이 흐른다.

우리 모두 덕 없음을 부끄러워할 따름이니
두 손 모아 정성을 기울여 하늘에 아뢴다.

有感

聞說諸方壞佛廟, 無端兩眼淚潸然.
但慚我輩都無德, 合掌傾誠敢告天.

---

20 옥연금여(玉輦金輿): 천자가 타는 옥수레와 금가마.
21 팔일(八佾): 천자의 무악(舞樂). 여덟 사람씩 여덟 열을 지어 추는 춤의 무악.

운악산을 노닐며

고갯마루 올라 천리 눈을 높이 뜨고
산 가운데 이 한 몸 한가롭고 넉넉하다.

지팡이 머무는 곳마다 티끌 생각이 끊어지고
발길 가는 곳마다 몸이 절로 편안하다.

遊雲岳山

嶺上高開千里目, 山中贏得[22]一身閑.
投筇處處塵機絕, 舉足行行體自安.

내리는 비

무성한 구름이 산 집을 지나가고
나무들이 절로 울고 새들은 바쁘다.

눈을 뜨니 침침한데 빗발이 가로지르고
향 사르고 단정히 앉아 하늘을 바라본다.

雨中

英英玉葉過山堂, 樹自鳴條鳥自忙.
開眼濛濛橫雨脚, 焚香端坐望蒼蒼.

---

22 영득(贏得): 충분히 얻다.

속리산 수정교 다리 위에서

삼청동 부중은 아홉 구비를 두르고
한 줄기 개울물은 다리가 여덟이다.

다리 아래 물이 맑아 붉고 푸름이 싸우고
온 산엔 단풍잎이 소나무 가지에 기대고 있다.

次俗離洞水晶橋板上韻

三淸洞[23]府九重遙, 一帶溪流八處橋.

橋下水明紅鬪碧, 四山楓葉倚松梢.

임진강 배 위에서

비단 같은 산과 누런 들판에 가을 강은 푸르고
아스라한 물결 위에 나뭇잎 같은 조각배 하나.

끝없이 기이한 경치는 거울 속 같은데
외로운 배 그림자는 물속 누대에 닿네.

臨津船上吟

錦山黃野碧江秋, 萬頃波頭一葉舟.

無限奇觀同鏡裏, 孤帆影接水中樓.

---

23 삼청동(三淸洞): 도가의 삼신(三神)을 말함.

산속 생활의 맛

산 깊고 골짜기 깊은데 찾아오는 사람 없어
하루 내내 적막하여 모든 인연 끊어졌다.

대낮엔 산봉우리에 나오는 구름을 한가로이 바라보고
저녁엔 중천에 오르는 달을 부질없이 바라보다.

화로에는 차를 달이는 연기가 향기롭고
집 위에는 옥전의 연기가 피어오른다.

인간사 시끄럽고 요란한 일은 꿈도 꾸지 않고
오직 선정 희열에 들어앉아 세월을 보내노라.

山中味

山深谷密無人到, 盡日寥寥絶不緣.
晝則閑看雲出岾, 夜來空見月當天.
爐間馥郁茶烟氣, 堂上氤氳玉篆烟[24].
不夢人間喧擾事, 但將禪悅坐經年.

---

24 옥전연(玉篆烟): 꼬불꼬불 피어오르는 옥향로의 연기.

설잠 김시습
雪岑 金時習

[1435~1493]

조선조 초기의 학자이자 시인이다. 김시습(金時習)이 그의 본명이다. 그는 생육신의 한사람이며 방외인 문학가이다. 본관은 강릉, 자는 열경(悅卿), 호는 매월당(梅月堂)·청한자(淸寒子)·동봉(東峰)·벽산청은(碧山淸隱)·췌세옹(贅世翁)이고, 설잠(雪岑)은 법호이다.

그는 태어날 때부터 영민하여 5세에 신동이라는 소문이 세종에게까지 알려져 장래에 크게 쓰겠노라는 전지까지 받았다고 한다. 일찍이 부모를 여의었다. 21세에는 수양대군이 왕위를 찬탈했다는 소식을 듣고 모든 책을 불사르고 삭발하여 전국을 유랑하였다. 그는 과거에 응시하지 않았는데, 벼슬에 뜻이 없었다기보다는 본디 신분이 낮아서 관계 진출이 쉽지 않았던 것으로 보인다.

한때 세조의 불경 언해 사업에도 참가하여 내불당에서 일을 맡아보기도 하였다. 31세였던 1465년에는 경주 금오산으로 들어가서 우리나라 최초의 한문 소설인 『금오신화』를 저술하였다. 47세에는 환속하여 아내를 맞아 결혼생활을 하기도 하였으나 다시 방랑 생활을 하였다. 그러다가 마지막으로 충청도 무량사에 들어가 59세에 입적하였다. 저서로는 『매월당집』이 전한다.

그는 문학에서 소설 『금오신화』 이외에도 많은 한시 작품을 남겼다. 『매월당집』을 보면 전체 23권 중에서 15권이 시작품인데 2,200여수의 한시 작품이 전한다. 본래는 이보다 훨씬 많았던 것으로 추측된다. 그는 본래 유학자로서 경술(經術)을 닦아서 관계로 진출하여 자아실현의 뜻이 있었으나, 오히려 몸을 맡긴 곳은 선문(禪門)이었다.

깨닫지 못하고

깨닫지 못한 채 한 해가 지나고
가을이 오고 또다시 겨울이다.

푸른 산이 나의 반려인데
띠 집에서 길게 게으름을 부리다.

고요한 밤에 바람이 대에서 일고
서늘한 뜰에 달은 소나무에 걸려 있다.

선방은 일 없는 것을 사랑하나니
배우는 것도 아닌데 나무처럼 앉아 있다.

不覺

不覺一年過, 逢秋今又冬.
靑山爲伴侶, 茅屋長疎慵[1].
夜靜風生竹, 庭寒月掛松.
禪房愛無事, 非學坐如椿.

---

1 소용(疎慵) : 게으름.

밤중에 앉아서

동산 고개에 바람이 급히 불면
서산 봉우리엔 달이 떨어진다.

참선하는 마음 오직 적막 속인데
밤빛은 도리어 맑고 기이하다.

이슬이 차가우니 기러기 소리 바빠지고
다시 밤이 깊으니 등불 깜부기 떨어진다.

베개가 서늘하여 꿈속에 들지 못하니
이 경지를 누가 알 수 있으리오.

夜坐記事

東嶺風初急, 西峰月落時.
禪心唯寂寞, 夜色轉淸奇.
露冷鴈聲緊, 更深燈燼垂.
枕涼無夢寐, 此境有誰知.

봄에 산사에서 놀면서

봄바람에 우연히 신운사에 들었더니
방문은 닫힌 채 중도 없이 이끼만 가득.

숲속의 새들도 놀러 온 나그네 뜻을 알고서
꽃 너머로 두세 번 소리를 보내온다.

春遊山寺

春風偶入新耘寺, 房閉僧無苔滿庭.

林鳥亦知遊客意, 隔花啼送兩三聲.

해가 창문에

창문 가득 붉은 해가 내 마음이니
유마의 방장에는 도력이 깊구나.

말없이 옷깃 바로 여미고 앉아 있노라니
뜰에 부는 솔바람 소리만 나를 알아주는 친구라네.

窓日

萬窓紅日可人心, 方丈維摩道力深.

不語正襟危坐²處, 一庭松籟始知音.

2　위좌(危坐): 정좌(正座), 단정히 앉음.

스님에게

굳은 관문을 깨부수기 어려워
부처도 조사도 목숨을 잃었다.

만일 관리에게 묻는다면
저나 이나 고질병이라 말하리라.

贈僧

牢關難打破, 佛祖皆喪命.
若從官吏問, 彼此膏肓病.

옛 절

옛 절이 여염집에 가까운데
스님이 동냥하고 돌아온다.

마당가 두둑엔 한가로이 꽃이 피어있고
문에는 오래된 쇠고리가 둥그렇게 매달려 있다.

금불상엔 거미줄이 뒤덮여 있고
섬돌엔 이끼가 피어 있다.

날 저물자, 닭과 개소리 시끄럽고
남쪽 이웃은 저녁 아지랑이에 잠겨있다.

古寺

古寺近閭閻, 居僧乞米還.
庭有閑花塢, 門垂古鐵環.
金軀蛛網冪, 石砌蘚花斑.
日暮喧雞犬, 南隣夕靄間.

연경찬

구름이 일면서 새벽 산에 자욱하고
바람은 높아 나무마다 가을이다.

돌로 쌓은 성곽 아래 하룻밤 묵으니
물결이 고기잡이 뱃전을 두드린다.

蓮經[3]讚

雲起千山曉, 風高萬木秋.
石頭城下泊, 浪打釣魚舟.

매공의 방에 쓰다

녹음이 짙어지며 여름날이 길기만 한데
높고 낮은 처마 그림자가 선방에 드네.

매(梅)스님 누웠다 잠에서 깨어
담장에 축 늘어진 등꽃을 보고 있다.

題梅公房

綠樹陰濃夏日長, 高低簷影入禪房.
梅師偃臥睡初醒, 時見藤花垂短墙.

3　연경(蓮經): '연경'은 법화경을 말함.

백석사

늙은 중은 높이 누워 솔 문을 닫았는데
백석 산방은 온갖 생각이 한가롭다.

수레는 오지 않고 문과 길이 좁기만 한데
한 쌍의 그윽한 새들이 지저귀고 있다.

白石寺

老僧高臥掩松關, 白石山房百慮閑.
車馬不來門逕小, 一雙幽鳥語綿蠻[4].

---

4 면만(綿蠻): 작은 새의 우는 소리, 또는 작은 새의 형용.

소림암에 쓰다

선방은 적막하고 티끌이 없는 곳
스님을 만나 얽힌 이야기를 나누다.

몸은 천리를 나는 학과 같고
마음은 높은 가을 하늘의 매와 같다.

구름 자욱한 돌길을 헤쳐 이르러
솔창에 홀로 편하게 기대노라.

무심코 다시금 머리를 돌려보니
산 빛은 푸른데 높고 첩첩이 겹쳐있다.

題少林菴

禪寂無塵地, 逢僧話葛藤.
身如千里鶴, 心似九秋鷹.
石逕尋雲到, 松窓獨自凭.
無端更回首, 山色碧崚嶒[5].

5　능증(崚嶒)：산이 높고 가파르며 첩첩이 겹쳐있는 모양.

봉미사

만 길 푸른 언덕 위에
황량하게 절이 있다.

선정에 든 중은 언덕에 기대 있고
오리는 갈대숲에 잠들다.

산그림자는 텅 빈 푸름을 머금었고
파도 소리는 하늘가에 출렁인다.

도인이 내 소매를 끌어당기며
하루 묵으며 소나무 바람 소리 들으라 한다.

鳳尾寺

萬丈蒼崖上, 荒凉有梵宮[6].
定僧依竹塢, 睡鴨傍蘆叢.
山影涵虛碧, 波聲漾半空.
道人挽我袖, 一宿聽松風.

---

6 범궁(梵宮): 절 또는 법당.

준상인에게

1
남산에는 붉고 푸르스름한 연꽃이 빽빽한데
절은 조계산 첫 봉우리에 자리를 잡다.

만고의 하늘과 땅에 한 쌍의 짚신뿐이요
백 년 동안 몸은 짧고 마른 지팡이뿐이다.

때로는 달을 대하며 스님 설법을 보려는데
어디에 향 피우고 늙은 소나무처럼 앉아 있는지.

우리 대사 참모습을 알려 한다면
대숲 서쪽 끝 돌다리 동쪽이라네.

4
한 주먹 맑은 향에 한 권의 경전이요
하나의 외로운 둥근 달에 하나의 소리일세라.

솥에 있는 찻잎은 황금이 천박해지고
소나무 아래 띠 집은 붉은 관복이 가볍다네.

아득한 안개 노을은 마음과 함께 깨끗하고
고운 물에 뜬 달에 심성이 항상 밝다.

한가로이 자노라니 하루 내내 오는 이가 없고
저절로 청풍이 일어 대 난간을 흔든다.

8

종일토록 짚신 신고 발 가는 대로 가는데
산 하나 가고 나면 다시 산 하나가 푸르구나.

마음이란 형상이 없으니 어찌 형체의 부림을 당하고
도(道)란 본디 무명이니 어이 빌릴 수 있으리.

묵은 이슬이 마르지 않았는데 산새는 지저귀고
봄바람 그치지 않고 있는데 들꽃이 환하다.

짧은 지팡이 짚고 돌아가니 온갖 봉우리 조용하고
푸른 절벽에 어지러운 안개가 늦게야 갠다.

10

공(空)과 색(色)을 살펴보건대, 색이 곧 공이다
다시 한 물건도 서로의 용납이 없다.

소나무는 뜻 없이 당연히 집 앞에 푸르고
꽃은 스스로 무심히 해를 향해 붉기만 하다.

다름이 같고 같음이 다르니 같고 다름이 다르고
같음이 다르고 다름이 같으니 다르고 같음이 같도다.

같고 다름의 참된 이치를 찾고 싶다면
높고 높은 가장 높은 봉우리에서 찾아보게나.

20

어찌하여 인간이 입에 풀칠하는 나그네가 되었을까

스스로 말하지만, 일찍이 축융봉에 살았다 한다.

마음은 밤중에 매화에 달이 맺혀 있고
도는 깊은 산 나뭇잎 바람에 울리고 있다.

선의 요지를 담은 열 권은 벌써 모두를 의론하였고
현묘한 관문의 한 구절은 이미 깨우쳐 통달하였네.

한평생 걸어간 발자취를 누가 알겠느냐마는
법을 묻고서야 바야흐로 공에 떨어지지 않음을 알겠노라.

贈峻上人[7]

(一)
南山紫翠鬱芙蓉, 寺在曹溪第一峯.
萬古乾坤雙草屩, 百年身世短瘦筇.
有時對月看僧話, 何處焚香坐枯松.
要識吾師眞面目, 竹林西畔石橋東.

(四)
一炷淸香一卷經, 一輪孤月一溪聲.
鼎中甘茗黃金賤, 松下茅齋紫綬輕.
漂渺煙霞心與潔, 嬋娟水月性常明.
閑眠盡日無人到, 自有淸風撼竹楹.

---

7 〈贈峻上人〉은 모두 20수가 있다.

(八)

終日芒鞋信脚行, 一山行盡一山靑.

心非有像奚形役, 道本無名豈假成.

宿霧未晞山鳥語, 春風不盡野花明.

短節歸去千峯靜, 翠壁亂煙生晚晴.

(十)

空色觀來色卽空, 更無一物可相容.

松非有意當軒翠, 花自無心向日紅.

同異異同同異異, 異同同異異同同.

欲尋同異眞消息, 看取高高最上峯.

(二十)

豈作人間糊口[8]客, 自言曾住祝融峯[9].

心凝半夜梅花月, 道響深山樹葉風.

禪旨十編曾了議, 玄關一句已窮通.

平生蹤跡人誰識, 問法方知不落空.

8　호구(糊口): 입에 풀칠을 한다는 뜻으로, 겨우 끼니를 이어가는 것을 말함.

9　축융봉(祝融峯): 중국 호남성에 있는 남악(南嶽) 형산(衡山)의 최고봉.

습지가 산에 살기에

들풀과 꽃이 우거진 봄이 찾아왔는데
십 년 떠돌이에 눈 속엔 티끌이 가득하다.

우는 새소리에 한가로이 꿈에서 깨니
빠른 세월이 사람을 슬프게 하다.

習之[10]山居

野草幽花各自春, 十年行脚眼中塵.
一聲啼鳥破閑夢, 鼎鼎[11]光陰惱殺人.

---

10 습지(習之): 중국 당나라 시기의 사상가였던 이고(李翱, 774~836)의 자(字).
11 정정(鼎鼎): 세월이 빠른 모양.

밤에 앉아 불경을 보며

한 줌 향은 다 타들고 가을밤은 깊은데
달빛 귀뚜라미 소리가 선정을 흔든다.

백년 동안의 인간사 헤아릴 수 없고
삼세의 망령된 인연을 찾을 곳이 없어라.

뜰 앞 나무는 바람과 이슬을 근심하고
산새는 동굴에 드는 구름을 지저귀는 듯하다.

창포 방석과 종이 장막은 물보다 맑은데
한가로이 불경을 펴놓고 고금을 열람한다.

夜坐看經

一炷香殘秋夜深, 蛩聲月色攪禪心.
百年人事不可計, 三世妄緣無處尋.
庭樹正愁風露勁, 山禽似話洞雲侵.
蒲團紙帳淸於水, 閑展禪經閱古今.

저물녘 생각

수많은 골짜기와 봉우리 저 너머에서
외로운 구름과 홀로 새가 돌아온다.

올해는 이 절에서 지낸다고 하지만
내년에는 어느 산으로 나아갈거나.

바람이 잠잠해지니 소나무 창이 고요하고
향불이 스러지니 스님 방이 한가롭다.

이 인생은 내 이미 끊어버렸으니
머물렀던 자취가 물과 구름 사이에 있으리라.

晚意

萬壑千峰外, 孤雲獨鳥還.
此年居是寺, 來歲向何山.
風息松窓靜, 香銷禪室閑.
此生吾已斷, 棲迹水雲間.

무량사에서 병으로 누워서

봄비가 맑고 부드럽게 내리는 이삼 월에
뜻하지 않는 병을 부축하여 선방에서 일어난다.

그대를 향해 달마가 서쪽에서 온 뜻을 묻고 싶네만
도리어 다른 중들이 높이 세울까 두렵구나.

無量寺臥病

春雨浪浪[12]三二月，扶持[13]暴病[14]起禪房．
向生欲問西來意，却恐他僧作擧揚[15]．

---

12 낭랑(浪浪): '물결이 부드럽게 흐르는 모양'. 여기서는 '비가 맑고 부드럽게 내리
   는 모양'을 뜻함.
13 부지(扶持): 어렵게 버티거나 유지해 나가다. 돕다. 부축하다.
14 폭병(暴病): 뜻하지 않는 병.
15 거양(擧揚): 높이 들어 올림. 칭찬하여 높임.

벽송 지엄
碧松 智嚴

[1464~1534]

전라도 부안에서 출생하였다. 속성은 송씨(宋氏), 법명은 지엄(智嚴)이다. 태고 보우(太古 普愚)의 5세손이다. 28세에 허종(許琮)의 군대에 들어가 여진족과 싸워 공을 세우고 돌아왔다. 이때 느낀 바 있어 계룡산 상초암의 조징대사(祖澄大師)에게 나아가 머리를 깎았다.

벽계 정심(碧溪 正心)에게서 전등(傳燈)의 밀지(密旨)를 공부했다. 중종 3년(1538)에 금강산 묘길상암에서 대혜어록(大慧語錄)을 보다가 불성무(佛性無)의 이야기에서 문득 의문을 깨고 크게 깨달았다. 이후로 여러 산을 주유했다. 중종 15년(1520) 3월에 지리산으로 들어가 암자에 머물면서 외부와의 일체 교류를 끊고 정진하였다. 중종 29년(1534) 겨울에 『법화경』을 강론하다가 방편품(方便品)에 이르러서 탄식하면서 게송을 읊고 71세로 입적하였다.

저서로는 『벽송당야노송(碧松堂埜老頌)』 1권, 『훈몽요초(訓蒙要鈔)』 1권, 『염송설화절록(拈頌說話節錄)』 1권이 전한다.

달마대사의 진영을 찬하여

도량이 크고도 높은 분
누가 푸른 눈동자를 열었나.

해지는 저녁 산빛 속에
봄 새가 스스로 이름을 부른다.

讚達摩眞

落落[1]巍巍[2]子, 誰開碧眼睛.
夕陽山色裏, 春鳥自呼名.

---

1 낙락(落落): 쓸쓸한 모양. 뜻이 높고 큰 모양.
2 외외(巍巍): 높고 크고 웅장함.

육공을 겨루어 말을 구하며

여섯 창문 텅 빈 확 트인 곳에
마구니도 부처도 모두 길을 잃다.

다시 그윽하고 미묘함을 찾는다면
뜬구름이 햇빛을 가리리라.

賽六空求語
六窓³虛豁豁⁴, 魔佛自亡羊⁵.
若更尋玄妙, 浮雲遮日光.

---

3 육창(六窓): 불교에서는 '육창일원(六窓一猿)'이라 하여 눈·귀·코·혀·몸·뜻의 육근을 육창에 비유하여 心識을 한 마리의 원숭이에 비유하고 있다. 그리하여 사람의 마음이 육근으로 방일하려는 것이 마치 여섯 창구멍으로 나오려고 덤비는 원숭이와 같다고 말하고 있다.
4 활활(豁豁): 넓게 터진 모양.
5 망양(亡羊): 망양지탄(亡羊之歎). 잃어버린 양을 찾으려다 갈림길이 많아서 찾지 못하고 탄식함. 학문의 어려움을 비유한 말.

진일 선자에게

꽃 웃음은 섬돌 앞 비로 내리고
솔 울음은 난간 밖에서 바람으로 불다.

어찌하면 오묘한 종지를 다 할꼬
이것이 바로 원통이라 할지니.

示眞一禪子[6]

花笑階前雨, 松鳴檻外風.
何須窮妙旨, 這箇是圓通[7].

6　진일선자(眞一禪子): 호남 출신의 스님. 비록 재주는 없었으나 성행(性行)이 비
　범했다고 한다.
7　원통(圓通): 주원원통(周圓圓通)하다는 뜻. 불·보살이 깨달은 경지.

의선스님에게

옷 한 벌과 바리때 하나로
조주의 문을 드나들다.

첩첩산중 눈을 모두 밟았고
돌아와서 흰 구름에 누웠다.

示義禪小師

一衣又一鉢, 出入趙州門⁸.
踏盡千山雪, 歸來臥白雲.

옥륜 선사에게

눈처럼 흰 머리카락에 봄바람 같은 얼굴로
산중과 저자 사이를 자유로이 오가다.

깊이를 헤아릴 수 없는 말소리와 얼굴빛
닿는 곳마다 스스로 텅텅 비어 있다.

贈玉崙禪德

雪髮春風面, 逍遙山市中.
無窮聲與色⁹, 觸處自空空.

---

8   조주문(趙州門): 조주(778~897)는 중국 당나라 때의 선사. 조주선사는 '無'자
    공안을 내걸었다. 여기에서 조주문은 '禪門'을 뜻한다.
9   성색(聲色): 나타난 모양. 말소리와 얼굴 빛. 또는 노래와 여색을 말하기도 함.

목암에게

사방에서 노래 한 곡 들려오지 않는데
저 멀리 산굴에서 저녁 햇볕이 붉게 탄다.

집 가까운 산의 소등에 누우면
떨어지는 꽃바람이 얼굴에 분다.

示牧庵

無生歌一曲, 遠峀夕陽紅.
家山牛背臥, 吹面洛花風.

도원 대사에게

솔 창은 적적한데 이따금 새가 지저귀고
푸른 냇물 차가운 바위는 홀로 한가롭다.

오가는 많은 것 중에 누가 내 짝인가
서로 희롱하는 빽빽한 늙은 산들이라네.

寄道源大師

松牕闃寂鳥間關, 碧澗寒巖獨自閑.
去去來來誰是件, 狸狸相戲老山山.

희준 선사에게

도를 배우려면 먼저 경전을 탐구해야 하나니
경전은 단지 내 마음 머리에 있기 때문이다.

쏜살같이 달려서 집으로 돌아가는 중에
머리 돌리니 높은 하늘에 기러기 내리는 가을이다.

贈曦峻禪德
學道先須究聖經, 聖經只在我心頭.
驀然踏著家中路, 回首長空落雁秋.

심인스님에게

산이 높이 솟았고 물은 차가운데
바람은 살랑살랑, 꽃은 그윽하다.

도 닦는 사람의 살림살이 이러하니
어찌 구차하게 세속의 정을 따르랴.

贈心印禪子
山矗矗水泠泠, 風習習花冥冥.
道人活計只如此, 何用區區順世情.

스스로 조롱하며

벽송당 속의 어리석은 사람이여
게을러빠져 아무 능력이 없도다.

다만 바위 아랫길을 가고 가다가
눈동자 치켜세워 구름 위 붕새를 찾노라.

自嘲

碧松堂裏之愚子, 咄咄[10]疎慵[11]百不能.
只得行行巖下路, 擡眸雲外搏天鵬.

---

10 돌돌(咄咄) : 뜻밖의 일에 놀라 지르는 소리.
11 소용(疎慵) : 게으름.

<h1 style="text-align:center">허응 보우
虛應 普雨</h1>

[1509~1565]

조선조 명종조에 활동한 스님이다. 가계와 출신 등은 알 수 없고 벽초 홍명희의 소설 『임꺽정』에서는 전라도 임피 출신으로 기술되고 있다. 호는 허응(虛應) 또는 나암(懶庵)이며 법명은 보우(普雨)이다.

스님은 15세에 금강산 마하연암으로 출가하여 승려가 되었고, 이후로 금강산 일대의 장안사, 표훈사 등에서 수행하였다. 6년 동안의 정진 끝에 크게 깨달았다. 교학에서도 대장경을 모두 섭렵하였고 『주역』에도 조예가 깊었다. 당시 그를 지도해 준 스승이 누구인지 확실하지 않지만, 경기도 용문사의 견성암에 있던 지행(智行)으로부터 많은 영향을 받았다.

스님은 유불도에 모두 뛰어나서 유학자들과도 가깝게 지냈다. 1551년 5월에는 선교 양종을 부활시켰고, 다음 해에는 승과 제도를 부활시켰다. 당시에 휴정과 유정 등과 같은 고승들이 그의 문하에서 배출되었다. 그 과정에서 조정과 유림의 강력한 반발을 샀으나 불교 발전을 위해 죽음을 각오하고 심신을 받쳤다.

1565년에 문정왕후가 죽고 나서 제주도 귀양길에 올라 그곳에서 제주목사였던 변협(邊協)에 의해 죽임을 당했다. 불교사에서 보우는 혹독한 억불 정책 속에서 불교를 중흥시킨 고승으로 평가되고 있다. 사상적으로도 선교일체론(禪敎一體論)을 주장하여 선과 교를 다른 것으로 보고 있던 당시의 불교관을 바로 잡았다. 그는 일정설(一定說)을 정리하여 불교와 유교의 융합을 강조하기도 하였다.

저서로는 『허응당집(虛應堂集)』 3권과 『나암잡저(懶庵雜著)』 1권, 『수월도량공화불사여환빈주몽중문답(水月道場空花佛事如幻賓主夢中問答)』 1권, 그리고 『권념요록(勸念要錄)』 1권 등이 있다.

산에 살면서

여린 고사리가 구름과 친해 절을 하고
향기로운 나물이 내린 비로 살찌운다.

바구니 들고 한가로이 절을 나가서
산나물을 채취하여 굶주림을 면한다.

山居雜咏

嫩蕨和雲揖, 香蔬得雨肥.
堤籃閑出寺, 採取每療飢.

졸다가 깨어 종소리를 듣고

졸다 일어나 한가로이 주렴을 걷으니
비가 온 뒤라 산 더욱 푸르다.

어디엔가 구름 끝 절에서
재 지내는 종소리 아득히 들려온다.

睡餘聞鐘卽事

睡餘閑捲箔, 雨後轉靑山.
何處雲邊寺, 齋鐘杳靄間.

선승과 이별하며

인간사 우여곡절이 많아
옛 선방으로 다시 돌아간다.

굶주리고 얼어서 차라리 죽더라도
일찍이 세상의 정을 꿈꾸지 않겠노라.

示禪上人見別
人間多濆洞[1], 還向舊禪庭.
飢凍寧投死, 不曾夢世情.

배를 타고 무동암을 지나며

강은 스님 눈동자를 닮아서 파랗고
소나무는 부처님 정수리를 훔쳐 푸르다.

외로운 배에 사람 홀로 가니
기러기 떼가 긴 물가로 내려온다.

舟過舞童岩
江學僧眸碧, 松偸佛頂靑.
孤舟人獨去, 群雁下長汀.

---

1 홍동(濆洞): 세파가 서로 이어져 있는 모양.

동림정에 올라서

함께 재를 마친 스님들
서늘한 강바람을 나누다.

그늘 따라 자주 걸상을 옮기니
걸상 자국이 정자에 가득하다.

上東林亭

坐共齋餘釋, 凉分江上風.
隨陰頻轉榻, 榻跡滿亭中.

낙산잡영

누런 송아지와 함께 풀밭에 앉고
흰 갈매기와 더불어 백사장을 거닐다.

바닷가 하늘엔 시적 생각도 멀고
날 저물어 배 홀로 돌아온다.

洛山雜咏

草坐同黃犢, 沙行共白鷗.
海天詩思遠, 日暮獨歸舟.

어린 제자 쌍순에게

1

쌍순아! 쌍순아! 바다를 보아라
바다가 모두 물결 꽃이로구나.

바다를 떠나 물을 찾는다면
방안 누워서 집을 찾는 것.

2

온갖 물결 절로 생기고 사라지는데
깊은 물 속은 언제나 고요하고 조용하다.

몇 번이나 바다 위에서 살다가
몇 번이나 바다 가운데 쉬었는고.

3

이화정에 올라앉아
수없는 물결을 바라본다.

물결이 끝없이 일어나니
웃고서 다시 내 방으로 돌아오렴.

示小資[2]雙淳

（一）

淳淳汝看海，海全是浪花.
若離波求水，如臥房覓家.

(二)

萬浪自生滅, 九淵常寂寂.
幾從海上生, 幾向海中息.

(三)

梨花亭上坐, 看盡千波浪.
浪浪起無窮, 一笑還方丈.

부상인에게

바람으로 물결 일고 물결 따라 거품 이니
맑고 평평한 바다에 떠 있는 것이 부끄럽다.

오늘 문득 바람과 물결이 멎는다면
원래 맑고 밝은 것이 가을 강이다.

示膚上人

仍風起浪浪生漚, 慚愧淸平海上浮.
今日忽然風浪息, 澄明元是一江秋.

우연히 읊다

바람 멎자, 솔 울림이 절로 고요하고
산 기운 찌는 듯 금방이라도 비 올 모양.

홀로 앉아 문득 코 찌르는 향기에 놀라니
바위 둘레에 무수한 꽃들이 피어있구나.

偶吟

松鳴自寂風初寂, 山氣蒸暝³雨欲來.
獨坐忽驚香撲鼻, 岩花無數繞軒開.

3 　증명(蒸暝): 날이 찌는 듯 무덥고 어두워짐.

보상인을 이별하며

물결 뒤집어지듯 인간사 알 수 없으니
부질없이 다시 온다고 기약하지 마라.

만물이 하늘과 함께 선약이 있던가
봄바람에 가지 돋지 않는 나무 없다.

別賓上人

波飜人事儘難知, 莫謾[4]重來預作期.
物豈與天先有約, 春風無樹不生枝.

산거잡영

배고프면 숲에서 도토리 밤을 줍고
목마르면 바위 밑에서 맑은 물을 긷는다.

만섬 구정의 높은 벼슬아치 즐거움으로
산중의 반나절 한가로움과 어찌 바꾸랴.

山居雜咏

飢向林間收橡栗, 渴尋岩底汲清湍.
萬鍾[5]九鼎[6]公卿樂, 爭換山僧半日閑.

---

4   만(謾): 부질없이, 까닭 없이.

5   만종(萬鍾): 많은 녹봉. 일종(一鍾)은 六斛四斗, 또는 八斛八斗라고 함.

6   구정(九鼎): 중국 고대에 보배로 전했다는 솥.

벽사 주지스님의 옥사 연루 소식을 듣고

들자 하니, 보은사 스님이 실수로
호협 선비를 잘못 맞이하여 형벌을 당했다네.

죄란 하나로 천백 사람 응징함을 모르리오만
죄가 마땅치 않으나 형벌을 일부러 만든 줄을.

聞甓寺主僧繫獄

聞說報恩僧失禮, 誤迎豪俠罪當刑.
安知罰一懲千百, 罪不當刑故致刑.

오도산에 올라

도(道)자로 부르는 산 이름, 보고 싶은 마음에
청려장으로 하루 내내 고생하여 기어 오르다.

가며가며 문득 산의 진모습 보노라니
구름은 높이 날고 물은 절로 흐르네.

登悟道山

以道名山意欲看, 杖藜終日苦躋攀[7].
行行忽見山眞面, 雲自高飛水自湲.

---

7 제반(躋攀) : 더위잡아 기어오름.

밤중에 월계를 지나면서

지난해 돛배가 이 강가를 지날 때
산 살구꽃과 마을 복사꽃이 배를 에워쌌고,

오늘밤 말을 타고 이 돌길을 지나는데
여울 소리와 달빛이 말발굽 뒤따라오네.

夜過月溪途中

去年帆過此江邊, 山杏村桃共繞船.
今夜馬經玆石磴, 灘聲月色幷隨韂[8].

몸을 씻다 머리털이 모두 세었다는 말에

오십 무렵 살쩍 머리에 하얗게 꽃 피니
앞길 손꼽아 보면 오히려 빚으로 남아 있어,

어느 곳 푸른 산에 흰 뼈 불살라
금강산 일천 줄기의 가벼운 놀에 뿌릴거나.

因浴聞頭髮盡華

年將五十鬢毛華, 屈指前程尙未賒.
何處靑山燒白骨, 金剛千朶抹輕霞.

---

8 천(韂): 언치. 말안장 밑에 까는 방석이나 담요.

삼뢰진에 정박하여 청평산을 바라보며

하늘에 뜬 검푸른 빛이 바로 청평산이니
손가락으로 가리키니 멀리서도 참모습을 알겠다.

사공에게 알리노니 상앗대 한 번 더 저어
오늘 밤에는 이 추운 강가에서 자지 않게 해다오.

泊三雷津望淸平山

浮天翠黛是淸平, 指點[9]遠知眞面目.
爲報舟師添一篙, 莫敎來夜寒江宿.

행스님의 병문안에 감사하여

청평에 누가 병들고 쇠락한 얼굴을 보러왔는고
만 겹 푸른 산에 홀로 문을 닫았는데.

정이 많으신 스님, 정말 고맙다오.
깊은 눈길을 헤치면서 힘들게 다녀가신다.

行上人雪中 來見病僧 以偈贈別

淸平誰訪病衰顔, 萬疊靑山獨閉關.
多謝上人多古意, 脚耕深雪苦來遠.

---

9   지점(指點): 일일이 손가락으로 가리켜 보임.

일을 기뻐하며

스승의 가르침에서 삼덕(三德)을 알았고
바람 앞의 풀을 보고 일승(一乘)을 깨닫다.

고요한 작은 초당에서 한가로이 생각하니
여러 전생에서 마땅히 법 가운데 중이었네.

因事自慶

憑師教上知三德[10], 見草風前悟一乘[11].
寂寂小堂閑自念, 多生應作法中僧.

10　삼덕(三德): 불교에서 열반에 갖추어야 할 세 가지 덕인 법신(法身), 반야(般若),
　　해탈(解脫)을 말함.

11　일승(一乘): 여러 교법을 수레에 비유하여 중생을 태워서 생사에서 해탈하게 하
　　는 뜻. 일체 중생이 모두 성불한다는 견지에서 그 구제하는 교법이 하나뿐이고,
　　또 절대 진실한 것이라고 주장하는 것이 일승(一乘)이다.

지팡이 끌면서 달 아래 걸으며

저녁 무렵 맑은 달이 소나무 가지에 걸려
성긴 그림자 어지러이 옛 연못에 떨어진다.

눈 가득 차가운 빛, 사람들은 알지 못하고
다시금 청려장 끌고 느릿느릿 걷는다.

携筇步月

黃昏淡月挂松枝, 疎影參差[12]落古池.
滿目寒光人不識, 更携藜杖步遲遲.

낙산으로부터 돌아가며 명사 길 위에서

명사십리를 지팡이 울리면서 가는데
동쪽 고래 물결은 은하수에 닿아 있다.

바다 위 갈매기는 앞다퉈 날 비웃고
무슨 일로 산중이 지팡이 가볍냐고 한다.

自洛山　還曆鳴沙道上

鳴沙十里響筇行, 東望鯨波接漢淸.
海上白鷗爭笑我, 山僧何事杖頭輕.

---

12 참치(參差) : 들쭉날쭉한 모양.

비 온 뒤 봄 정자에서

날마다 난간에 기대어 푸른 물을 굽어보며
가는 것을 탄식하던 공자 생각에 시름이 아득하다.

사람들은 내가 누대에 앉아 있는 것만 보았지
일찍이 냇물 위에서 노니는 것 모르고 있구나.

春亭雨後卽事

日日憑欄俯碧流, 宣尼[13]歎逝[14]意悠悠.

人徒見我樓中坐, 曾未知吾川上遊.

---

13 선니(宣尼): 공자를 말함.
14 탄서(歎逝): 밤낮으로 쉬지 않음을 탄식하는 뜻임.

진불암

암자는 겹겹이 쌓인 구름 속에 있어
처음부터 사립문을 만들지 않았다네.

누대의 삼나무는 늦게야 비취색 머금었고
뜰에 핀 국화 기울어가는 햇볕을 띠었다.

나뭇잎 떨어지니 과일은 서리를 맞았고
스님은 지나간 여름옷을 깁고 있다.

높고 한가로움이 내 본래의 뜻인지라
읊고 감상하느라 돌아감도 잊고 있다.

眞佛庵

庵在雲重處, 從來不設扉.
臺杉含晚翠, 庭菊帶斜暉.
木落經霜菓, 僧縫過夏衣.
高閑吾本意, 吟賞自忘歸.

안심대에서 잠을 자며

절마다 장대하고 화려한데
안심대만 홀로 오래된 절이네.

연꽃 향기가 난간에 가득하고
달빛이 차갑게 불상에 스며든다.

눈 맑아 바라보는 산이 깨끗하고
옷깃 맑으니 마시는 물도 달다.

평온한 마음이란 그저 이러하니
어찌 다시 조사의 관문을 참구하랴.

宿安心坮
寺寺皆輪煥[15], 安心獨古庵.
陸蓮香滿檻, 蘿月冷侵龕.
眼淨看山白, 襟淸飮井甘.
安心只這是, 那復祖關[16]參.

---

15 윤환(輪煥): 장대하고 화려한 집을 말함.
16 조관(祖關): 조사의 관문, 화두를 말함.

개심대에 올라서

개심대가 좋다는 말을 듣고
홀로 올라오니 때는 한가을.

팔만 봉우리는 비단으로 수놓고
삼천 골짜기는 온통 유리구슬.

늦게 오른 것 한스러워 하는데
돌아감이 더디다고 어찌 후회하리.

조금 있다가 한 쌍의 푸른 학이
허공에 떠오르니 흥겨움 적지 않다.

上開心垖

開心聞說好, 獨上正秋時.
八萬峰錦繡, 三千洞琉璃.
旣嫌登陟晚, 那恨返歸遲.
少選[17]靑雙鶴, 浮空興亦彌.

---

17 소선(少選): 잠깐 사이, 수유(須臾).

사자암

길가의 옛 절은
늘 비어 있어 번뇌케 한다.

오래된 섬돌엔 등덩굴이 뻗었고
차가운 뜰엔 풀떨기만 자란다.

금부처 얼굴엔 먼지가 쌓이고
물통엔 나뭇잎이 가득하다.

푸른 하늘 우러러 탄식하며 섰는데
수많은 봉우리마다 저녁볕이 붉게 비춘다.

師子庵

路邊舊蘭若[18], 惱客每長空.
古砌生藤蔓, 寒庭長茅叢.
塵侵金佛面, 葉滿水槽中.
仰碧嗟噓立, 千峰夕照紅.

---

18 난야(蘭若): 절 또는 사원.

대존암

한 암자가 높고도 궁벽하여
세속의 시끄러움 끼어든 적 없다.

북쪽은 험한지라 찾아오는 사람 드물고
남쪽은 비어 날아가는 새 길이 널찍하다.

난간은 삼면 경치 모두 거두고
처마는 만 겹의 산을 누른다.

다시 누대 앞에 물이 있어
차가운 소리, 꿈에 들어 쇠잔하다.

大尊庵

一庵高且僻, 塵鬧未曾干.
北險人來少, 南虛鳥道[19]寬.
軒收三面景, 簷壓萬重山.
更有臺前水, 寒聲入夢殘.

---

19 조도(鳥道): 새가 아니면 다닐 수 없을 정도의 좁은 산길.

원통암

암자의 굴이 그윽하고 기이하여
세속 발자국 보기가 쉽지 않다.

시냇가 구름은 한가로이 골짜기를 나오고
산새는 앞다퉈서 나뭇가지에 들다.

땅이 다사로워 꽃들이 일찍 피고
봉우리 높아서 달이 더디게 올라온다.

난초 등불에 손수 불을 붙이고
부처님께 무릎 꿇고 절을 올린다.

圓通窟

庵窟最幽奇, 塵蹤未易窺.
溪雲閑出谷, 山鳥競投枝.
地暖花開早, 峰高月上遲.
蘭燈親手點, 膜拜[20]應眞[21]師.

---

20 모배(膜拜): 무릎꿇고 손을 들어 절을 함.
21 응진(應眞): 소승불교 수행자가 도달할 수 있는 최고의 경지인 아라한을 말함.

회·임 두 작은 스님을 탁발하러 보내며

가을 열매 한창 무르익어
바루 들고 고을로 내려간다.

탁발에는 마땅히 정명(正命)을 알고
얻음에는 반드시 사구(邪求)를 삼가렴.

예의는 온화함과 공경을 귀히 여기고
언어는 어눌하고 부드러움을 배우라.

행실은 계율대로 실행하여
병든 이 몸을 근심하게 말지니.

送會林二小師下乞

秋實方登熟, 擎盂下邑州.
乞應知正命[22], 得必愼邪求[23].
禮貴能和敬, 言工解訥柔.
謹行如所戒, 莫遣病僧愁.

---

22 정명(正命): 바른 생활.
23 사구(邪求): 나쁘게 구함.

희법스님의 축운에 따라

구름 속에 살다보니 달력이 없어
흰 매화꽃 피어야 해가 바뀐 줄 아네.

도는 소리 나기 이전에 이해하고
마음은 때가 낀 뒤에 씻어낸다.

행업은 산과 함께 희고
이름은 세상과 더불어 전한다.

망상은 터럭만큼도 허락하지 않고
정신은 넓고도 넓은 하늘에 어리다.

次熙法師軸韻

栖雲無紀曆, 梅白點知年.
道向聲前會, 心因垢後湔.
業將山共白, 名與世同傳.
念便無毫許, 神凝浩浩天.

벗이 찾기에

어떤 벗이 만나자고 하기에
표연히 홀로 구름을 벗어난다.

역참을 지나며 세상 괴로움을 듣고
성곽에 들어서 시대의 혼미를 목격하다.

지팡이 재촉하여 산으로 돌아오는 걸음
산봉우리는 떨어지는 석양빛을 떠받치네.

기쁜 마음으로 암자 아랫길 돌아오니
맑은 경쇠 소리가 황혼임을 알리네.

綠友求見入城 見罷還栖

有客求相見, 飄然獨出雲.
過郵聞世苦, 入郭見時惛.
杖促歸山步, 峰撑落日曛.
喜還庵下路, 清磬報黃昏.

멀리서 찾아오는 벗에게

절 방에 찾아오는 사람 없어
봄바람에 홀로 사립문 닫는다.

티끌은 손님 맞는 책상에 쌓이고
구름은 처마에 걸어놓은 옷을 휘감는다.

산 열매는 남들이 맘대로 따먹고
텃밭 오이는 제멋대로 절로 살찐다.

문득 천리 밖 벗이 찾아와
이야기 웃음에 기쁨이 무르녹는다.

示自遠方來之友
方丈無人到, 春風獨掩扉.
塵侵迎客榻, 雲惹掛簷衣.
山果從他摘, 田瓜任自肥.
忽來千里友, 談笑喜依依.

불지암

봄바람이 옛 절에 불어오니
고요함은 숨어 사는 사람에게 그만이다.

어두운 벽은 벌구멍이 천 개나 되고
차가운 법당은 부처님 한 몸뿐이다.

옥매화는 꽃망울을 터뜨리려 하고
금빛 살구 잎은 처음부터 가지런하다.

문밖에 흐르는 두 갈래 시냇물은
일없이 갈포 두건을 비추고 있다.

佛地庵

春風來古寺, 靜稱愛幽人.
壁暗蜂千竇, 堂寒佛一身.
玉梅花欲柝, 金杏葉初均.
門外雙溪水, 尋常[24]照葛巾[25].

---

24 심상(尋常): 대수롭지 않은
25 갈건(葛巾): 갈포로 만든 은자의 두건.

공장로에게

옛날 용봉에서의 이별을 기억하나니
어느덧 열두 해가 흘렀네.

스님은 정이 얼마나 두텁기에
언제나 제 꿈속에 나타나시는지.

나눠 비출 수 있는 저 달이 부럽고
맘대로 혼자 돌아가는 기러기가 슬프다.

스님의 회포도 응당 나와 비슷하리니
어찌 훌쩍 찾아오지 않으시나요.

寄空長老

憶昔龍峰別, 于今十二年.
問師情幾重, 教我夢常懸.
羨月能分照, 悲鴻任獨旋.
君懷應似我, 胡不訪飄然[26].

---

26 표연(飄然): 바람에 나부끼는 모양.

봄 산

봄이 돌아오니 도리어 일이 많고
사람도 자연히 한가롭지 못하다.

재를 구하는 중은 저자로 내려가고
벗을 찾는 손님은 산으로 올라온다.

차는 다사로운 바람에 새싹을 내밀고
새들은 다사로운 햇볕으로 지저귄다.

오직 나만 병으로 한없이 게을러져
아무런 계획 없이 선방을 걸어 잠근다.

春山卽事

春到還多事, 人應不自閑.
求齋僧下市, 尋友客來山.
茗得風柔嫩, 禽因日暖喧.
惟吾緣病懶, 無計動禪關.

산중에서

스님 방은 본래 고요하지만
여름 되자 도리어 맑고 텅 비다.

혼자 있기 좋아하여 벗들도 흩어지고
시끄러움 싫어하여 손님들도 드물다.

매미 소리는 산 비 내린 이후이고
솔바람은 새벽바람의 끝자락이다.

하루 종일 동쪽 창가 아래에서
별생각 없이 옛 책을 읽는다.

山中卽事

僧房雖本靜, 入夏轉淸虛.
愛獨朋從散, 嫌喧客任疎.
蟬聲山雨後, 松籟曉風餘.
永日東窓下, 無心讀古書.

봄날 아침에 벗을 찾아

서로 보고 싶은 벗이 있어
아침에 찾아가는 길게 난 오솔길.

풀잎에 맺힌 이슬로 다리가 시리고
떨어지는 꽃향기가 몸에서 일어난다.

자던 새는 사람에 놀라 퍼덕이고
놀던 다람쥐는 지팡이 무서워 숨는다.

암자에 이르자 스님은 법을 묻고
종일토록 그를 위해 설법을 날린다.

春朝訪友

緣友求相見, 朝尋小路長.
脚寒垂草露, 身惹落花香.
宿鳥驚人起, 遊鼯怯杖藏.
到庵僧問法, 終日爲敷揚[27].

---

27 부양(敷揚): 말씀을 널리 나타냄.

아버지를 뵈러 가는 임소사를 보내며

말을 들으니 회양으로 가는 길은
마을도 없고 모두 산이라 한다.

풀은 가지런히 머리 위를 덮고
구름은 어지러이 골짜기를 휘두른다.

먼 길에 외로이 돌아가는 그림자
긴 공중엔 홀로 가는 소리개.

가난한 아버지께 나아갈 생각이지만
쌀을 메는 효성은 쉽지만 않으리라.

送林小師覲父之歸

聞說淮陽路, 無村盡是山.
草齊頭上覆, 雲亂峽中圜.
遠道孤歸影, 長空獨去鷳.
旣懷窮父進, 負米[28]孝艱難.

---

28 부미(負米): 세상 밖에 나가 쌀을 구해 어버이를 공양하는 것. 공자의 제자 자로
(子路)가 어버이를 위해 백 리 밖에서 쌀을 구해 짊어지고 온 고사에서 유래함.

계사스님의 방에 묵으며

이곳 여울 소리를 사랑하여
선방을 시냇가에 지었구나.

물은 눈동자처럼 파래지려 하고
돌은 마음과 함께 단단하고자 한다.

학문은 시경·서경·주역을 섭렵하고
지식은 불교·노자·선교를 모두 이르다.

다시 찾아왔으나 정이 다하지 않아
담소하며 한 침상에서 같이 자다.

宿戒師方丈[29]

愛此灘聲好, 禪房卜澗邊.
水將同眼碧, 石欲共心堅.
學涉詩書易[30], 知臻佛老仙[31].
再來情不面, 談笑一床眠.

---

29 방장(方丈): 절의 주지 스님이 거처하는 방.
30 시서역(詩書易): 시경(詩經)·서경(書經)·역경(易經)을 말함.
31 불노선(佛老仙): 불교(佛敎)·노자(老子)·선교(仙敎)를 말함.

저자도를 방문하여

옛날부터 저자도를 들었는데
이제 비로소 배전을 두드리며 찾는다.

나는 새는 왔다가 다시 가고
노는 물고기는 떴다가 도로 잠기다.

여울머리에 조각배를 저어서
강어귀 깊은 숲으로 들어간다.

사람이 오랜만인 한 마리 개가
나무 그늘에서 컹컹 짖어댄다.

訪楮子島

昔聞楮子島，今始扣舷尋.
飛鳥來還去，游魚浮却沈.
灘頭撑小艇，江口入深林.
一犬迷人久，狺狺[32]吠樹陰.

32　은은(狺狺)：개가 짖는 모양.

묘향산으로 돌아가는 요선자를 보내며

산은 관서 지방에 있고
웅장한 봉우리는 북방을 누르고 있다.

외로운 지팡이, 돌아가는 길이 멀고
한 켤레 신발에 행장 갖추기 바쁘다.

이미 명예로부터 도망칠 책무를 입었으니
어찌 세상을 업신여길 광기가 없으리오.

뭇사람들이 비방하더라도
욕됨을 참고 빛을 즐겨 간직하게나.

送寥禪子還妙香

山在關西地, 雄峰鎭朔方.
孤節歸路遠, 雙屨俶裝[33]忙.
已被逃名責, 寧無傲世[34]狂.
稠中[35]雖有謗, 忍垢好含光.

---

33 숙장(俶裝): 행장을 차리는 것을 말함.

34 오세(傲世): 세상을 업신여김.

35 조중(稠中): 여러 사람이란 뜻. 조인지중(稠人之中)의 줄임말.

한원통에게

완만한 목소리, 말씀이 어려워서
둔한 제자는 감히 알아들을 수 없다.

어제는 이미 어렵게 이르렀다가
오늘은 어찌 그리 쉽게 가시는가.

대중들과 오를 땐 오히려 염려 적었는데
홀로 가시니 심히 의아함이 많도다.

배꽃 아래로 잘 돌아가시어
봄바람에 소쩍새 소리나 듣게나.

示閑圓通
緩喉³⁶聞說險, 鈍足³⁷不堪窺.
昨旣艱難到, 今何善易之.
衆登猶少慮, 獨去甚多疑.
好返梨花下, 春風聽子規.

36　난후(緩喉) : 느릿느릿한 말씀.
37　둔족(鈍足) : 둔한 발걸음. 우둔한 제자를 말함.

중대의 텅 빈 전각에서

형체 있으되 자취 있음을 꺼리어
빈 산마루에 빈 법당을 세우다.

맑고 고요함이 상(相) 아님이 아니며
비고 맑음이 빛이 아님이 아니로다.

구름 걷히니 봉우리마다 푸르고
꽃이 피니 숲마다 향기롭다.

눈길 닿는 곳마다 비로자나의 본체이니
봄바람에 숨을 곳이 전혀 없구나.

中臺[38]空殿卽事

有形嫌有跡, 空嶺設空堂.
湛寂[39]非非相, 虛明[40]不不光.
雲收千嶂碧, 花發萬林香.
觸目毘盧[41]體, 春風沒處藏.

---

38 중대(中臺): 오대산에 있는 오대(五臺)의 하나.

39 담적(湛寂): 맑고 고요함.

40 허명(虛明): 텅 비고 밝음.

41 비로(毘盧): 비로자나 부처님. 부처님의 덕이 온 세상을 두루 밝힌다는 대일여래
　　(大日如來)를 말함.

청평 잡영

1
숲 사이로 손님이 없고
그윽한 흥취가 홀로 시원하다.

매양 용담 물에 몸을 씻으며
늘 반석 누대에서 바람을 쐰다.

소나무가 울리니 산 비가 오고
향기 나는 골짜기에 목련이 피다.

돌길 오가는 것이 익숙하니
짚신 절반은 푸른 이끼로다.

2
옛 절에 함께 할 이웃이 없어
숲 사이에서 홀로 봄을 감상한다.

꽃 피고 선동은 안개 자욱한데
부처님 봉우리 연기에 풀은 곱디곱다.

서쪽 시내는 거문고 소리가 다하고
남쪽 연못은 그림자 비추기가 잦구나.

한 해의 광경이 참으로 즐거우니
그윽한 흥취가 절로 신령함으로 통하네.

3

약초 싹 밟을까 두려워 사슴이 꺼려지고
맑은 시내 흐릴까 두꺼비를 쓸어내다.

푸른 이끼 작은 길에 오는 사람이 없어
청평과 세속 사이의 거리를 다시금 깨닫는다.

청평에 머문 이후로 즐거움이 절로 많아지고
한 해를 마치도록 자랑도 비방도 없다.

때때로 한가로이 서쪽 냇가를 향해서
기분 좋게 누더기를 벗어 푸른 덩굴에 건다.

清平雜咏

（一）

林間了無客, 幽興獨恢恢.
每浴龍潭水, 常風盤石臺.
吟松山雨至, 香谷木蓮開.
石逕歸來慣, 芒鞋半綠笞.

（二）

古寺無隣並, 林間獨賞春.
花開仙洞[42]霧, 草軟佛峰[43]烟.
西澗聞琴盡, 南池照影頻.
年光眞歌樂, 幽興自通神.

---

42 선동(仙洞): 지명 이름.

43 불봉(佛峰): 산 이름.

(三)

恐踏藥苗嫌鹿下，忌渾淸澗掃蝦蟆．
蒼苔小逕無人到，轉覺淸平與世賒．
自住淸平樂自多，終年無譽亦無呵．
有時閑向西川畔，快脫雲衫挂碧蘿．

꿈에서 깨어나 기뻐서[44]

이 도를 다하려 선방 빗장 걸어 닫고
일천 다름을 하나로 꿰니 이치가 홀연히 밝다.

상(相) 없이 최씨·정씨·박씨라 할 수 있고
신(神) 있어 말·소·고래도 본받을 수 있다.

겨울 추위와 여름 더위는 하늘이 호흡하는 것이며
잎 지고 꽃 피는 것은 땅이 죽고 사는 것이다.

삼라만상이 모두 나에게 있으니
무엇하러 집을 나서 부질없이 내달으랴.

夢破餘 不勝自幸 快詠一律 以示心知[45]
欲窮斯道揜禪扄, 一貫千殊妙忽明.
無相可名崔鄭朴, 有神能體馬牛鯨.
冬寒夏熱天呼吸, 葉落花開地死生.
萬象森羅都自己, 何須出戶謾馳行.

---

44 원제목의 뜻은 '꿈에서 깬 다음에 기쁨을 이기지 못하고 유쾌하게 시 한 수를
   지어 깨우침을 보이다.'이다.
45 심지(心知): 마음의 깨달음을 말함.

가을 누대에서 회포를 적다

늘 텅 빈 누대를 향해 앉아 자신을 살피나니
요즈음엔 가을 흥취가 끝없이 일어난다.

이슬은 노란 국화에 맺혀 구슬을 머금었고
단풍은 푸른 솔에 뒤섞여 붉고 푸르다.

바람이 세어지자 벌어진 햇밤 절로 떨어지고
서리가 차가우니 쓸쓸히 울던 귀뚜라미.

다만 이 소식을 홀로 알고 있자니
주고받는 사제지간에도 말해주기 어렵네.

秋樓述懷

每向虛樓坐省躬, 日來秋興起無窮.
露凝黃菊花含玉, 楓雜靑松碧鬪紅.
風勁自隤新罅栗, 霜寒多寂舊鳴虫.
只堪獨許伊消息, 難與師資[46]暗洩通[47].

---

46 사자(師資): 스승과 제자.
47 암예통(暗洩通): 가만히 누설함.

수미암에 오르며

높이 솟은 작은 암자는 광한궁과 이웃하고
머리 하얀 선승이 홀로 앉아서 졸고 있다.

안개구름에 취해 갑을이 헷갈리고
피는 꽃 지는 잎에 세월을 곱아본다.

한 쌍의 학은 차 달이는 연기 밖에 늙어가고
만 겹 봉우리는 약 찧는 방아 곁으로 돌아온다.

이런 가운데 신선 경계가 있다고 들었는데
혹시 우리 스님이 영랑 신선은 아니신지.

上須彌庵

小庵高並廣寒鄰, 白髮禪僧獨坐眠.
醉霧酣雲迷甲乙[48], 開花脫葉紀[49]時年.
一雙鶴老茶煙外, 萬疊峯回藥杵邊.
聞說此中仙境在, 吾師無乃永郎仙[50].

---

48 갑을(甲乙): 시비(是非)를 뜻함.

49 기(紀): 적다. 엮다.

50 영랑(永郎): 신라 효소왕 때의 화랑으로 술랑(述郎)·남랑(南郎)·안상(安詳)과
   함께 사선으로 일컬어졌음.

창문을 열고 봄을 감상하다

봄바람이 죽방의 추위를 몰아내니
선방 창문을 활짝 열고 만물을 감상하다.

얼음 풀리니 시냇물 소리 더욱 좋고
눈 녹은 먼 산을 놀라며 바라보다.

마을 버들에 찾아온 푸름은 찡그린 눈썹 물들이고
복숭아 과수원에 든 붉음은 웃음 짓는 이마에 얼룩지다.

실컷 구경하다 돌아서서 한가로이 머리 드니
안개 속에 멀리 보이는 푸른 산봉우리들.

開窓賞春

春風吹黜竹房寒, 豁闢禪窓賞物懽.
氷泮喜聞深澗響, 雪銷驚見遠山顏.
青歸巷柳嚬眉染[51], 紅入園桃笑額斑.
賞極翻然閑擧首, 煙中蒼翠數峯巒.

---

51 빈미염(嚬眉染): 찡그린 눈썹을 물들이다. 여기서는 버들잎이 푸르러짐을 말함.

망고봉에 올라서

홀로 금강산 최고봉에 올라
천지를 굽어보니 의미가 더욱 깊다.

가을 깊은 시내는 유리를 펼친 듯 파랗고
서리 무거운 산은 비단을 펴놓은 듯 붉다.

돌길은 누런 낙엽 아래 저 멀리 가로놓이고
띠 집은 흰 구름 속에 희미하게 드러나 있다.

한눈팔다 저녁이 되어도 돌아갈 줄 모르고
숲을 뚫은 저녁 종소리 은은하게 흘러나온다.

登望高峰

獨上金剛最上峰, 俯看天地意彌濃.
秋深澗展琉璃碧, 霜重山披錦繡紅.
石逕遙橫黃葉底, 茅庵微露白雲中.
留連竟夕忘回步, 髣髴穿林出暮鐘.

영은암

영은암 풍광은 듣던 그대로
기이한 경치 어찌 수정궁에 사양하리.

창문은 일만 이랑의 파란 물결 머금었고
대문은 천 겹 짙은 먹색을 배고 있다.

하계 종소리는 취한 꿈을 흔들고
천상의 별빛은 마른 얼굴에 차갑다.

내가 온 것은 바로 봄이 저물 무렵
두견이 울 때 달은 봉우리를 오른다.

靈隱菴

靈隱風光愜素說,　奇觀奚揖水晶宮.
窓含萬頃滄波碧,　門枕千重黛色濃.
下界鐘聲搖醉夢,　天上星彩冷衰容.
我來正値三春暮,　杜宇啼時月上峰.

작은 스님을 경계하여

스님의 풍도는 참으로 따를 이가 없으니
삼가 갈팡질팡 속세 무리와 짝하지 마라.

고고한 학은 잡나무에 깃들지 않고
얽매임 없는 기러기, 어찌 까마귀떼 그리워하리.

명예를 좇거나 아첨 간사는 범처럼 피하고
의리를 얻는 충성과 정성은 임금처럼 섬기라.

보답을 위해 죽을 때까지 이를 실천한다면
일생의 아름다운 명예가 천지를 움직이리라.

警示小師

上人風度固無倫, 愼莫蹉跎[52]伴俗屯.
孤鶴不曾栖雜樹, 覉鴻那肯戀烏群.
干名奸佞離如虎, 得義忠誠事似君.
爲報倘能終踐此, 一生休譽動乾坤.

---

52 차타(蹉跎): 발이 걸려 넘어짐. 때를 놓침.

감스님에게
- 질문한 선과 교의 깊고 옅음에 대한 대답과 함께

그대와 이별하고 돌아와 가을을 보내는데
문에는 지나가는 기러기도 없이 꿈만 얽혀 있다.

스님은 내 그대를 몹시 그리워함을 잘 알 것이고
나를 생각하는 스님의 시름을 잘 알고 있다오.

겨울이 가면서 각자 살고 있어 정이 엷은 듯하오만
봄이 오면 책상을 함께 하여 뜻이 물 흐르듯 하리라.

시를 읊고서 뜬 먼지 같은 일들을 돌이켜보니
온갖 계획과 주책이 물 위의 거품이로다.

寄鑑禪人 幷答禪敎深淺之問
自別君歸負一秋, 門無過雁[53]夢綢繆[54].
師應知我懷君苦, 余亦知師億我愁.
冬去各栖情似薄, 春來同榻意如流.
吟餘回賞浮塵事, 百計千籌水上漚.

---

53 안(雁): 기러기의 발에 편지를 매달아 소식을 전했다고 한다. 소식 편지를 뜻함.
54 주무(綢繆): 서로 뒤얽힘.

세상을 한탄하는 시를 지어 마음의 벗에게

요즘 선림에는 비방과 칭찬이 많으니
구름 속에 누가 진정한 좋은 벗인가.

내가 저쪽을 말하면 길고 짧은 흉이 되고
남이 나를 논평하면 얕고 깊은 허물이라네.

참과 거짓, 뉘 능히 곡직을 분간하리
옳고 그름, 놋쇠와 금을 구분하듯 어렵다오.

아! 여러분을 만나지 못했더라면
거의 일생 동안 거문고를 헛되게 탔으리.

述嘆世詩示心知

近世禪林多毀譽, 雲中誰是好知音.
我方說彼凶張短, 他已論吾過淺深.
眞僞誰能分曲直, 是非難解辨鍮金.
吁嗟倘未逢諸子, 幾致一生空鼓琴[55].

---

55 고금(鼓琴): 음악을 알아주는 지기를 기다림.

석왕사에서

태평성대에 절들이 되레 황폐하게 기울어지니
우연히 왔다가 웅얼거리며 문득 탄식한다.

산과 물의 근원은 예나 이제나 다름없지만
세상을 좇는 풍광은 바름과 그름이 있다.

조실스님의 밤은 서늘한데 부질없이 달만 비추고
누대에는 봄날이 따뜻하여 부질없이 꽃만 피었다.

흥성한 조정의 설법 자리는 이제는 어디에 있는지
우거진 배나무에 저녁 까마귀만 지저귀고 있다.

題釋王寺

昭代⁵⁶招堤⁵⁷廢欲斜, 偶來吟賞便成嗟.
出源山水無今昔, 逐世風光有正邪.
祖室夜凉空鑠月, 御樓春暖謾開花.
盛朝法蓆知何在, 梨樹陰陰噪暮鴉.

---

56 소대(昭代) : 밝은 세상, 태평성대를 말함.
57 초제(招堤) : 사방의 중들이 모여 사는 곳. 절. 사원.

회포를 적다

솔 정자에 홀로 앉아 있으니 병든 침상이 차갑고
나아가고 물러남을 손꼽아 헤아리며 절로 웃음.

새 절에서 오랫동안 붉은 줄에 묶여서
옛 암자의 흰 구름 한가함을 깊이 저버렸다.

언제나 대지팡이 두드리며 돌아갈 날 생각하고
매양 누더기 터지면 옛 산을 추억한다.

도리어 부럽나니, 노래하며 더디 나는 새가
숲이 우거진 석양에는 돌아올 줄 아는 것을.

述懷

松亭獨坐病床寒, 屈指行藏[58]可破顏.
新寺[59]久纏紅帶[60]線, 古庵深負白雲閑.
常扣竹杖懷歸日, 每綻荷衣憶舊山.
却羨綿蠻[61]飛倦鳥, 自知林茂夕陽還.

---

58 행장(行藏): 세상에 나아가 도를 행하는 일과 물러나서 숨는 일. 용사행장(用舍
   行藏).

59 신사(新寺): 봉은사의 옛 명칭.

60 홍대(紅帶): 붉은 띠, 곧 벼슬과 직책을 말함.

61 면만(綿蠻): 작은 새의 우는 소리.

흥을 달래며

우주에 노닐기는 누가 나를 당하리
일상은 뜻에 따라 오가는 것을 내맡긴다.

돌 평상에 앉고 누우니 옷이 차갑고
꽃 언덕으로 돌아오니 지팡이와 신발이 향기롭다.

바둑판 위에선 절로 한가한 세월을 알지만
인간의 어지러운 흥망이야 어찌 알겠는가.

맑고 고결함은 언제나 재계 후에 있는데
한 줄기 차 달이는 연기가 저녁볕을 물들인다.

遣興

宇宙逍遙孰我當, 尋常[62]隨意任彷徉.
石床坐臥衣裳冷, 花塢歸來仗屨香.
局上自知閑日月, 人間那識擾興亡.
淸高更有常齋後, 一抹茶烟染夕陽.

---

62 심상(尋常): 대수롭지 않음. 평범. 보통.

취선에게

벼슬을 내놓고 돌아와서 누웠다고 들었는데
어찌 영광를 사양하고 임금을 등진 것이겠는가.

내 알기로 그윽한 취향이 세속 취향인 줄은 알겠는데
높은 정서가 시대에 안 맞는 정서인 것을 누가 알까.

산수로는 이미 선동에 살기로 기약하였는데
무슨 마음으로 티끌 흙 속에 도성에서 늙겠나.

달 아래 문 두드림이 손에 이미 익숙하나니
생각건대, 응당 소망하듯 청평으로 들어오게나.

寄醉仙

憑聞解綬[63]歸來臥, 豈是辭榮負聖明.
幽趣我知是世趣, 高情誰識不時情.
烟霞已約家仙洞[64], 塵土何心老漢城.
月下鼓門曾慣手, 想應如望入淸平.

---

63 해수(解綬) : 인수를 풂, 벼슬을 내놓음.
64 선동(仙洞) : 지명임.

작은 스님들에게 공부를 독려하며

방을 청소하고 이 도를 알려 하느냐
구하여도 일찍이 다른 데 있지 않다.

동쪽 울타리의 국화를 따서 현포에 심고
서쪽 시냇물에 적삼을 빨아 푸른 덩굴에 걸다.

추우면 화로를 향해 고요한 방에서 잠을 자고
더우면 연못물을 찾아 맑은 물결에 몸을 씻는다.

어리석은 사람들은 이런 천진한 부처에 어두워
헛되고 수고롭게 몸 밖에서 석가모니를 찾는구나.

閑中書一伽陀[65] **示小師等 做工**[66]**勉力**

室灑欲知斯道耶, 求之曾不在於他.
東籬採菊栽玄圃[67], 西澗湔衫挂碧蘿.
寒向火爐眠靜室, 熱尋潭水浴淸波.
愚人迷此天眞佛, 身外徒勞覓釋迦.

---

65 가타(伽陀): 부처님을 찬양하는 노래. 게송.

66 주공(做工): 공부나 일에 힘을 쓰는 것.

67 현포(玄圃): 곤륜산 위에 선인이 산다는 곳.

청허 휴정
清虛 休靜

[1520~1604]

보통 서산대사로 더 잘 알려져 있다. 호는 청허(淸虛), 자는 현응(玄應), 속성은 최씨. 안주(安州) 사람. 스님은 10세에 고아가 되었고 다행히 안주 군수였던 이사증(李思曾)의 눈에 띄어 그의 후원으로 한양 성균관에서 15세까지 공부를 하였다. 우연히 지리산 숭인(崇仁) 장로를 만나 불서에 눈을 뜨게 되었고, 21세에 당시 고승이었던 부용영관(芙蓉靈觀) 대사에게 나아가 공부하다가 출가하였다. 그 이후로 10여 년간을 전국의 명찰과 선지식을 찾아다니며 구도행을 하다가 대낮에 마을을 지나다가 닭 우는 소리에 크게 깨달았다.

32세에 승과고시가 부활하자, 스님은 급제하여 이름을 날렸다. 이후로 7여 년간 불교계 내외의 직책을 맡다가 37세에 홀연히 모든 것을 버리고 금강산으로 들어갔다. 이후로 두류산, 태백산, 오대산, 금강산을 오가며 수행하다가 묘향산에 주석하였다. 세상에서 스님을 서산대사라고 부르는 것은 이 시기 묘향산에 오래 주석하였기 때문이다. 여기에서 정관일선(靜觀一禪)·소요태능(逍遙太能)·사명유정(四溟惟政)·편양언기(鞭羊彦機)·청매인오(青梅印悟) 등 많은 스님들이 그에게 나아가 법을 전수받았다.

스님은 72세에 임진왜란이 일어나자, 왕명으로 의주 행재소에 나아가 선조 임금을 알현했다. 스님은 이때 팔도십육종도총섭(八道十六宗都

揔攝)으로 임명되어 제자들로 하여금 각지에서 승병 5천여 명을 모집하여 왜병을 막아냈다. 이후로 제자 유정과 처영에게 승군을 맡기고 늙음을 핑계하여 산사로 돌아갔다. 그의 문하에서 수많은 제자가 나와서 오늘날 한국 선맥을 이끌었다. 선조 37년 1월에 묘향산 원적암에서 입적했다. 나이 85세 법랍 67세였다.

스님의 저서로는 『청허당집(淸虛堂集)』8권과 『삼가귀감(三家龜鑑)』을 비롯하여 『선교결(禪敎訣)』·『선교석(禪敎釋)』·『운수단(雲水壇)』·『심법요(心法要)』·『설선의문(說禪儀文)』·『제산단의문(諸山壇儀文)』 등이 있다.

청허가

그대는 거문고를 안고 큰 소나무에 기대고
큰 소나무는 변함없는 마음이라.

나는 길게 노래하며 푸른 물에 앉았고
푸른 물은 맑고 텅 빈 마음이다.

마음이여! 마음이여!
나는 더불어 그대이다.

清虛歌
君抱琴兮, 倚長松.
長松兮, 不改心.
我長歌兮, 坐綠水.
綠水兮, 清虛心.
心兮心兮, 我與君兮.

임하사

청빈한 도인이여
안개와 노을 속에 날개를 치다.

갈옷으로 추위와 더위를 지내고
송화로 일생을 보내다.

하늘은 높아서 머리를 곧바로 하고
땅은 넓어서 무릎을 펴다.

담료는 푸른 이끼이며
베개는 돌덩이다.

넝쿨이 해를 가리고 푸른 시내는 길이 흐른다.
삶이 이와 같으니 죽음도 어찌 근심하리오.

푸른 바다 세 봉우리는 흰 구름과 누런 학인데
소쩍새 한 소리에 빈산에 밝은 달이로다.

아, 줄 없는 거문고와 구멍 없는 피리가 아니면
나는 누구와 더불어 태평의 곡조를 부를까 보냐.

林下辭[1]

清貧兮道人, 皷翼兮烟霞.

---

1 사(辭): 한문 문체의 일종.

葛衲兮度寒暑, 松花兮送生涯.

天高兮直頭, 地廣兮伸膝.

氈兮綠苔, 枕兮塊石.

藤蘿蔽日兮, 碧澗長流.

生旣如是兮, 死亦何憂.

靑海三峰兮, 白雲黃鶴.

規一聲兮, 空山明月.

吁, 若非無絃琴無孔笛兮, 吾誰與唱太平之曲也哉.

송죽헌 주인에게

하늘과 땅을 옮겨서 가슴 속으로
해와 달을 맡겨서 서쪽에서 동쪽으로.

한 잔 술에 아득한 옛 몇 만 년의
수없는 영웅들이 바람처럼 지나간다.

쓸쓸히 홀로 서서 누구와 더불어 짝할까
고금을 꿰뚫는 것은 마음이로다.

寄松竹軒主人

移天地兮納胸中, 任日月兮西復東.
一杯悠悠萬萬古, 無數英雄如過風.
寥寥獨立誰與伴, 貫古今兮無極翁[2].

---

2 무극옹(無極翁): 우주가 생성되기 이전에 있는 근원적인 존재의 사람, 마음을
   말함.

남산에 올라 서울을 바라보며

하늘은 검고 땅은 노란데
이 큰 도읍은 천 고을을 거느린다.

하늘은 낳고 땅은 이루는데
이 큰 성인은 만물을 기르신다.

하늘은 높고 땅은 두터운데
이 조선은 만년을 이으리라.

대궐문을 바라보면 절하고서
춤을 추면서 돌아온다.

登南山望都歌

天其玄兮, 地其黃兮,
維此大都, 統千邑兮.
天其生兮, 地其遂兮,
維此大聖, 囿萬類兮.
天其高兮, 地其厚兮,
維此朝鮮, 齊萬壽兮.
望拜闕門, 舞蹈而還.

왕장군의 묘를 지나며

오랑캐 땅을 번개처럼 휩쓸었고
천산에 활을 걸어 둔다

무쇠 같은 마음은 지금도 살아있어
응당 하늘의 무지개를 쏘리라.

過王將軍墓

掃電胡塵土, 天山一挂弓.
鐵心今不死, 應作射天虹.

벗을 만나

구름은 나무 끝에서 몇천 리인가
산천이 참으로 아득하다.

서로 만나보니 각자 머리가 하얗다
손가락 꼽아가며 흘러간 세월을 헤아린다.

會友

雲樹幾千里, 山川政渺然.
相逢各白首, 屈指計流年.

관동으로 가는 원스님을 보내며

표표히 날아가는 외짝 기러기처럼
차가운 그림자 가을하늘에 떨어진다.

저물녘 산 비에 지팡이 재촉하여
멀리 부는 강바람에 삿갓을 의지한다.

送願禪子之關東

飄飄如隻雁, 寒影落秋空.
促節暮山雨, 倚笠遠江風.

푸른 바다 백사장을 가면서

바닷빛은 상심한 듯 푸른데
아득한 하늘가 하나의 병든 몸.

가을이 오면 강 위에 떠 있는 나뭇잎
기러기는 석양에 가는 사람을 뒤좇다.

靑海白沙行

海色傷心碧, 天涯一病身.
秋來江上葉, 雁趁[3]日邊人.

3　안진(雁趁)：기러기가 좇다.

부휴자

떠나는 정든 사람을 바라만 보는데
계수 열매가 떨어져서 어지럽다.

옷소매 떨치고 문득 돌아가는데
산마다 부질없이 흰 구름만 떠 있다.

浮休子

臨行情脉脉, 桂子落紛紛.
拂袖忽歸去, 萬山空白雲.

망고대

홀로 높은 산마루에 서 있노라니
넓은 하늘을 새가 가고 오다.

저 멀리 가을빛을 바라보니
푸른 바다는 술잔보다 작구나.

望高臺

獨立高峯頂, 長天鳥去來.
望中秋色遠, 滄海小於杯.

불일암

깊숙한 절에는 붉은 꽃이 비로 내리고
긴 대숲에는 푸른 연기 피어난다.

흰 구름은 고갯마루에 모여서 자고 가고
푸른 학은 잠든 스님과 짝이 되었구나.

佛日庵

深院花紅雨, 長林竹翠烟.
白雲凝嶺宿, 靑鶴伴僧眠.

봉래자에게

붓은 굳세어 세 산에 버금하고
시의 정서는 일만 금에 값한다.

산중은 바깥 물질이 없고
오직 백년 가는 마음이 있을 뿐.

寄蓬萊子

筆健類三岳, 詩情直萬金.
山僧無外物, 惟有百年心.

가야산에 놀다

지는 꽃향기가 골짜기에 가득하고
우는 새는 수풀 너머로 들려온다.

스님 절은 어느 곳에 있는가.
봄 산 절반은 구름인데.

遊伽倻

落花香滿洞, 啼鳥隔林聞.
僧院在何處, 春山半是雲.

봄을 애석해 하며 – 장난삼아 어릴 적 친구에게 주다

지는 꽃이 천만 조각인데
우는 새는 두서너 소리.

만약 시와 술이 없다면
좋은 풍광과 감정이 죽으리.

惜春 – 戲贈竹馬

落花千萬片, 啼鳥兩三聲.
若無詩與酒, 應殺好風情.

죽마고우 이 군에게

한가함과 분망함이 길은 다르지만
세월 속에 문득 함께 흘렀도다.

서로 만나 지난 일들 이야기하는데
하얀 머리에 노란 국화 핀 가을이네.

贈李竹馬

閑忙雖異路, 歲月忽同流.
相逢說往事, 白髮黃花秋.

늙고 병들어

늙어서 사람들이 천히 여기고
병이 들자 친한 사람도 소원해진다.

보통날의 은혜와 의리도
여기에 이르러선 모두 허망함이다.

老病吟

老去人之賤, 病來親也疎.
平時恩與義, 到此盡歸虛.

목암에게

피리 불며 소를 탄 사람
동서쪽으로 마음대로 돌아다닌다.

푸른 언덕 안개 빗속에
도롱이는 몇 벌쯤 헤어졌는가.

題牧庵

吹笛騎牛子, 東西任意歸.
靑原烟雨裏, 費盡幾簑衣.

최고운의 글자를 모아서

산중에 무슨 일이 기이하여
바위 위에 소나무 잣나무가 많은가.

평평하든 험하든 마음을 옮기지 않고
네 계절 푸름이 한 색깔이라네.

集孤雲字

山中何事奇, 石上多松栢.
夷險不移心, 四時靑一色.

여관을 지나다 거문고 소리를 듣고서

하얀 눈이 어지러운 가느다란 손
가락은 끝났으나 정은 다 하지 않다.

가을 강은 거울 빛처럼 맑게 개고
그림은 몇 푸른 봉우리를 내놓는다.

過邸舍聞琴

白雪亂纖手, 曲終情未終.
秋江開鏡色, 畵出數青峯.

달마가 강을 건너는 그림

갈대가 맑은 물결 위에 떠 있고
가벼운 바람은 옷깃을 스친다.

오랑캐 중의 푸른 두 눈엔
일천 부처님이 하나의 티끌인 것을.

達摩渡江圖

蘆泛淸波上, 輕風拂拂來.
胡僧雙碧眼, 千佛一塵埃.

선사의 진영을 찬탄하며

구름을 재단하여 가사를 짓고
물을 잘라 푸른 눈동자를 만들었다.

뱃속 가득 푸른 구슬을 품고
신령한 빛은 북두성을 쏘고 있다.

贊先師眞

剪雲爲白衲, 割水作靑眸.
滿腹懷珠玉, 神光射斗牛.

그림자를 돌아보고 느낀 바 있어

한 번 어머님을 이별한 뒤로
도도히 흐르는 세월이 깊다.

늙은 이 몸이 아버지 얼굴인 듯
연못 속을 보다가 흠칫 놀라는 마음.

顧影有感

一別萱堂後, 滔滔歲月深.
老兒如父面, 潭底忽驚心.

각행대사

스님과 산과 물은 세 가지 가까운 벗이고
학과 구름과 소나무는 하나의 세상이다.

비고 적막한 본래 마음을 알 수 없듯이
이 세상에서 이 몸의 한가함을 어찌 얻으리.

覺行大師

僧兼山水三知己, 鶴與雲松一世間.
虛寂本心如不識, 此生安得此身閑.

서도에서의 회고

기러기 지난 자취처럼 옛 왕조의 일이여
뿔피리 속에 강물만 유유히 흐른다.

천 년의 죽지곡은
남은 원한을 가을바람에 부친다.

西都懷古

鴻去[4]前朝事, 江流畫角[5]中.
千年竹枝曲, 餘怨寄西風.

---

4 홍거(鴻去): 기러기가 돌아와서 찾으려고 표지를 남겼으나 돌아올 때에는 이미
  없어져서 다시 돌아오지 못함을 말함.
5 화각(畫角): 뿔피리.

초가집

초가집이 세 벽면도 없는데
늙은 중은 대나무 평상에 잠들다.

푸른 산은 반쯤 젖었는데
성근 비는 석양을 지나간다.

草屋

草屋無三壁, 老僧眠竹床.
青山一半濕, 疎雨過殘陽.

약속이 있는데 그대는 오지 않고

눈길은 기러기 사라지는 곳까지 다하고
짙푸른 바다는 푸른 하늘에 닿는다.

십 리에 걸쳐 그대로 봄풀로 덮였고
모든 산에 부질없이 저녁볕이네.

有約君不來

眼隨歸雁盡, 碧海連天蒼.
十里猶春草, 萬山空夕陽.

성오를 가다가

골짜기 길어 바람이 세차고
시내 가까워 달빛이 차갑다.

처량하고 고달픈 나그네 신세를 서러워하다가
산으로 돌아가서 비로소 한가함을 얻다.

省塢途中

谷長風勢壯, 溪近月光寒.
客裏悲凉苦, 歸山始得閑.

관탄에서

산은 거친데 늙은 호랑이 웅크리고 있고
해는 떨어지는데 굶주린 부엉이가 울다.

강 위에는 풍파가 나빠지니
때에 맞춰서 배를 정박할지니.

冠灘卽事

荒山蹲老虎, 落日鳴飢鵂.
江上風波惡, 泊舟宜及時.

윤방백에 차운하여

밤비는 소나무 책상을 울리고
푸른 등불은 홀로 밝다.

긴 하늘은 하나의 종이라 하더라도
이 마음의 정을 적기 어려워라.

次尹方伯韻
夜雨鳴松榻, 靑燈獨自明.
長天爲一紙, 難寫此中情.

법광사를 지나며

천 칸이나 되는 집에는 바람과 비뿐이고
일만 부처 금색 몸에는 이끼와 먼지뿐이다.

알겠노라, 선객의 눈물이
여기에 이르면 멈추지 못하는 것을.

過法光寺
風雨千間屋, 苔塵萬佛金.
定知禪客淚, 到此不應禁.

산을 나서는 처영스님을 보내며

구름도 무색할 누더기가 하얗고
학이 짝을 지은 연못물이 맑구나.

스님이 산을 나서 가버린 뒤로
조각달만 빈 창을 비춘다.

送處英禪子出山

衲白雲無色, 潭淸鶴有雙.
從師出山去, 片月照空窓.

싸잡아 헤아려서

누가 말했나, 이백과 두보 이후로
바람과 달을 친한 사람이 없다고.

하늘과 땅은 지극히 공정한 물건이니
어찌 한두 사람이 소유할 수 있으리.

通決

誰言李杜後, 風月無相親.
天地至公物, 豈私一二人.

봉래산에서

크게 웃으며 하늘과 땅 사이에 서있나니
푸른 물결에 아득히 배 떠나간다.

노란 국화는 아침 이슬을 울고
단풍잎은 밤중에 가을을 운다.

蓬萊卽事

大笑立天地，滄波渺去舟.
黃花朝泣露，紅葉夜鳴秋.

백아 그림에 쓰다

흐르는 물은 오열을 터뜨리듯 시끄럽고
높은 산은 슬픈 듯 침묵하고 있다.

그윽한 난초와 하얀 눈은
천년의 한 가닥 슬픈 실이로구나.

題伯牙圖

流水喧如咽，高山默似悲.
幽蘭與白雪，千載一哀絲.

윤상사의 옛집을 지나며

노래와 춤은 이제 적막하기 그지 없고
솔바람은 홀로 누대에 남아 있다.

새가 우는데 사람은 보이지 않고
기괴한 돌들은 푸른 이끼에 잠들다.

過尹上舍舊宅

歌舞今寥落, 松風獨有坮.
鳥啼人不見, 怪石眠蒼苔.

숨어 사는 사내

밭 갈고 우물 파고 일이 없는
수풀과 샘이 있는 곳에 한 늙은이.

꾀꼬리 소리에 한낮 꿈에 놀라 깨서
보슬비가 가늘게 바람에 흩날린다.

隱夫

耕鑿無餘事, 林泉一老翁.
因鶯驚午夢, 殘雨細隨風.

송암의 도인

하나의 베개에는 나그네 꿈이 남아 있고
빈 하늘에는 나는 새 지나간다.

꽃이 진 절간에는 고요하고
진흙 문 제비는 가사를 더럽힌다.

松庵道人

一枕客殘夢, 空中飛鳥過.
落花僧院靜, 泥燕汚袈裟.

초가집

바위 위에 시냇물 소리 어지럽고
연못가에는 푸른 풀 돋아난다.

텅 빈 산에 바람비 잦고
꽃은 지는데 쓰는 사람 없구나.

草屋

石上亂溪聲, 池邊生綠草.
空山風雨多, 花落無人掃.

옛 뜻

바람이 가라앉는데 꽃은 오히려 지고
새가 울자, 산은 더욱 그윽하다.

하늘은 흰 구름과 함께 날을 새고
물은 밝은 달과 함께 흐른다.

古意

風定花猶落, 鳥鳴山更幽.
天共白雲曉, 水和明月流.

죽은 스님을 곡함

올 때는 흰 구름과 함께 왔다가
갈 때는 밝은 달을 따라갔구나.

가고 오는 것이 하나의 주인이니
그대는 끝내 어느 곳에 있는가.

哭亡僧

來與白雲來, 去隨明月去.
去來一主人, 畢竟在何處.

일선암 벽에 쓰다

산은 저절로 무심히 푸르고
구름은 저절로 무심히 하얗다.

그 가운데 한 스님이 있으니
또한 그도 무심한 나그네라.

題一仙庵壁
山自無心碧, 雲自無心白.
其中一上人, 亦是無心客.

만호 장응벽을 보내며

바람이 일자 변방 구름이 끊기고
가을 깊어 잎 떨어진 나무가 쓸쓸하다.

밤중에 강 위의 젓대 소리 들으니
고향을 그리는 나그네 심정을 알겠다.

送張萬戶應壁
風起塞雲斷, 秋深落木陰.
夜聞江上笛, 知客故鄉心.

쌍계사 방장

앞뒤 산 고개에는 흰 눈이요
동서 시내에는 밝은 달이다.

지는 꽃비에 스님은 앉아 있고
산새 울음에 나그네 잠들다.

雙溪寺方丈

白雪前後嶺, 明月東西溪.
僧坐落花雨, 客眠山鳥啼.

화산의 숨어 사는 사람

마음을 씻되 귀는 씻지 않나니
인간 세상 이미 몸을 잊었다.

송아지 안고 산으로 올라가니
봄 밭에 하나같이 푸른 띠를 두른다.

花山隱者

洗心不洗耳, 人世已忘形.
抱犢[6]上山去, 春田一帶靑.

---

6 포독(抱犢): 은자의 생활을 말함.

용성 김악사를 만나서 성원에서 자다

봄이 따뜻하여 꾀꼬리 소리 일찌감치 들려오고
바람은 화창하여 버들개지 더디게 지다.

나그네는 온갖 생각이 많은데
달 밝은 때 거문고를 타는구나.

遇龍城金樂士宿星院

春暖聞鶯早, 風和落絮遲.
客中多遠思, 彈琴月明時.

홍류동

봄바람이 한 번 불고 지나가니
꽃이 떨어지니 시내 가득 붉구나.

산은 구름 바깥으로 나왔는데
스님은 석양볕에 돌아온다.

紅流洞

東風一吹過, 花落滿溪紅.
山出白雲外, 僧歸夕照中.

삼몽사

주인은 손님에게 꿈을 말하고
손님은 주인에게 꿈을 말한다.

이제 두 꿈을 이야기하는 사람도
그도 꿈속의 사람이다.

三夢詞
主人夢說客, 客夢說主人.
今說二夢客, 亦是夢中人.

꿈속에 이태백 묘를 지나며

지나는 나그네의 아득한 천고의 한스러움
부질없이 머리 돌리니 푸른 산 흰 구름.

당시에 술 들던 사람은 어디 갔는고
아득히 높은 하늘에 달이 올라온다.

夢過李白墓
過客悠悠千古恨, 山靑雲白首空回.
當年把酒人何去, 杳杳長天月自來.

고향에 돌아와서

어린 소녀들이 창호지 틈으로 엿보고
학처럼 흰머리 이웃 노인이 성명을 물어온다.

젖 먹던 시절 이름 대니 알아보고 서로 눈물을 떨구는데
바다 같은 푸른 하늘에 달은 한밤중이다.

還鄕

一行兒女窺窓紙, 鶴髮隣翁問姓名.
乳號方通相泣下, 碧天如海月三更.

호독조

전생의 목동이 이제는 새가 되어
해마다 옛 봄바람을 아직도 사랑한다.

산 깊고 나무 울창하여 찾을 곳 없더니
호독하는 소리가 안개비 속에서 들려온다.

呼犢鳥

前是牧童今是鳥, 年年猶愛舊春風.
山深樹密無尋處, 呼犢一聲烟雨中.

병석에서

봄 깊은 절간 쓸쓸한데 나그네 병이 많고
비가 연못을 지나자 시름에 문을 닫다.

아이는 달려와 물에서 연잎 나왔다고 말하고
늙은 중은 와서는 죽순이 나왔다고 알린다.

病懷

春深院落客多病, 雨過池塘愁閉門.
童子走云蓮出水, 老僧來報竹生孫.

혜종선자를 보내며

동서남북으로 정착하지 못하고
생애는 단지 하나의 지팡이에 있다.

혀끝으로 미세하게 씹어서 안개와 노을을 맛보며
곧바로 일천 봉우리 다시금 일만 봉우리로 들어간다.

送慧聰禪子

南北東西無定着, 生涯只在一杖節.
舌頭細嚼烟霞味, 直入千峰更萬峰.

어릴 적 친구 이(李)와 헤어지며

열 살 옛 친구를 처음으로 서로 만나
산 구름과 바다 달의 정을 모두 말하다.

손잡고 냇가에서 다시 이별을 아쉬워하는데
숲속에서 우는 새가 봄 소리를 보낸다.

別李竹馬

十年故友初相見, 說盡山雲海月情.

握手臨溪還惜別, 一林啼鳥送春聲.

풍악으로 가는 응 사미승이 보내며

푸른 풀 우거진 긴 둑에 달랑 지팡이 하나로
길도 없는 흰 구름 속으로 따를 수 없다.

오늘 밤부터 관동의 달이 뜨면
하늘 끝 팔만 봉우리를 바라만 보리.

送應沙彌之楓岳

碧草長堤只一筇, 白雲無路可追蹤.

從今夜夜關東月, 應望天涯八萬峰.

성에 들어가는 심스님을 경계하여

두 방이 이미 비었거늘 정이 애석하고
이 한 몸 맡긴 것처럼 슬프도다.

차마 흰 학과 푸른 구름의 자질을 가지고
길 가운데 꼬리 끄는 거북이로 돌아가는가.

誠心禪子入城

雙室已空情可惜, 一身如寄亦堪悲.
忍將白鶴靑雲質, 返作途中曳尾龜[7].

스스로 조롱하다

무릇 인생은 나이가 귀하나니
이제야 지난 시절 행실을 후회하노라.

어떻게 손으로 하늘 닿은 바다를 부어서
한결같이 산중의 판사 이름을 씻을거나.

自嘲

大抵人生年齒貴, 如今方悔昔時行.
何當手注通天海, 一洗山僧判事名.

---

7 예미구(曳尾龜): 진흙 속에 꼬리를 끌면서도 목숨을 보전하는 거북이처럼 가난하
   고 천하게 살아도 부귀로 화를 다하는 것보다 낫다는 뜻임.(『장자』)

성방백이 게송을 구하기에 답하다

이불 속은 창이요 술잔은 짐새의 독이니
친밀하다고 나의 비밀을 누설하지 마소.

세상 사이에도 평탄한 전지가 있나니
생각을 비우고 단정히 앉아 시비를 없애시길.

答成方伯求頌

衾裏戈矛杯鴆毒, 莫因親昵漏吾微.
世間亦有平田地, 端坐虛懷泯是非.

감선자의 방문을 감사하다

십년을 늙고 병들어 사립문 닫았더니
산수가 멀고 길어 찾는 사람 드물다.

숲 아래 우는 새는 생각에 잠긴 듯하고
흰 구름 깊은 곳에 한 중이 돌아온다.

謝鑑禪子來訪

十年衰病掩柴扉, 山遠水長客到稀.
林下鳥啼如有思, 白雲深處一僧歸.

박선비 초당

뜬구름 같은 부귀를 마음에 두지 않으니
달팽이 뿔같은 공명이 어찌 정을 물들이랴.

유쾌하게 갠 봄날에 봄 잠이면 족하나니
산새들의 온갖 소리를 누워서 듣는다.

朴上舍草堂

浮雲富貴非留意, 蝸角功名豈染情.
春日快晴春睡足, 臥聽山鳥百般聲.

변방 장수에게 부치다

말 위의 공명으로 한가하지 못하더니
나이 사십에 이미 쇠한 얼굴이라.

고향 만 리에 가을 하늘은 멀기만 한데
한 가닥 푸른 산은 지는 햇빛 사이에 있다.

寄邊帥

馬上功名不得閑, 年來四十已衰顏.
故鄕萬里秋天遠, 一髮靑山落照間.

밤에 남명에서 자면서

바다는 하늘과 땅의 바깥으로 통하니
누구에게 앞 나루터를 물을거나.

붉은 구름은 푸른 물결 위에서
선계 사람을 비웃어 말한다.

바다가 뛰어 은산이 부숴지니
바람이 그치며 푸른 구슬이 흐른다.

배는 하늘 위의 집인 듯
앉아서 별과 달을 줍는다.

南溟夜泊

海通天地外, 誰與問前津.
紅雲碧浪上, 笑語十洲[8]人.
海躍銀山裂, 風停碧玉流.
船如天上屋, 星月坐中收.

8　십주(十洲): 선인(仙人)들이 산다고 하는 열 개의 섬. 곧, 조주(祖洲)·영주(瀛
　　洲)·현주(玄洲)·염주(炎洲)·장주(長洲)·원주(元洲)·유주(流洲)·생주(生洲)·
　　봉린주(鳳麟洲)·취굴주(聚窟洲)를 말함.

현산의 화촌을 지나며

밭 갈고 우물 판 것이 언제 적이냐
세 집이 일곱 봉우리 마주하고 있다.

새는 창밖 대나무에서 부르고
구름은 난간 앞 소나무에서 잠들다.

달은 기울어 주렴은 오히려 고요하고
꽃 깊어지자 졸음 또한 무겁다.

늦닭 울음소리 끊어진 곳에
동자는 중용을 읽고 있다.

過峴山花村

耕鑿何年代, 三家對七峰.
鳥呼窓外竹, 雲宿檻前松.
月轉簾猶靜, 花深睡亦濃.
晚鷄聲斷處, 童子讀中庸.

지언스님의 귀령에 주다

가르치고 기른 은혜는 두루 무겁나니
스승과 어버이에 대한 예의가 어찌 가벼우랴.

장안에 겨우 이르는 날에
소쩍새 소리 들어보게나.

스님이 부모님께 문안하러 가는 날
강남은 한창 이월의 봄이다.

장차 산수의 승복을
말발굽의 티끌에 물들이지는 말게나.

贈志彦大選之歸寧[9]

教育恩均重, 師親禮豈輕.
長安纔到日, 聽取子規聲.
禪子歸寧日, 江南二月春.
休將山水衲, 取染馬蹄塵.

9　귀녕(歸寧) : 중이 속세 부모님에게 문안하러 가는 것을 말함.

달을 읊다

달이 푸른 하늘에 드러내니
누가 고금을 묻고 있나.

차고 빌 때 나아가고 물러남을 알겠고
밝고 어둠에서 오르고 내림을 배운다.

어느새 시인의 시구에 들어왔다가
애상으로 돌아가는 먼 나그네 마음.

산중은 전혀 관여하지 않고
높이 누워 솔 거문고를 듣는다.

詠月

月出靑天面, 誰當問古今.
盈虛知進退, 顯晦學昇沈.
幾入詩人句, 還傷遠客心.
山僧都不管, 高臥聽松琴.

고시를 모은 감흥으로

하늘의 도는 분명한데 사람은 우매하여
공명과 득실에 따라 부질없이 희비가 엇갈린다.

나이가 젊어서 모름지기 늙음을 생각하고
몸이 편안할 때에 위태로움을 잊지 말라.

고조의 집에는 꽃이 비단과 같고
위왕의 제방에는 버들이 실과 같다.

좋은 시절 아름다운 경치 차마 헛되이 저버리랴
소낙비와 사나운 바람은 일정한 시기가 없도다.

感興集古詩

天道分明人自昧, 功名得失謾欣悲.
年當少日須思老, 身在安時莫忘危.
高祖[10]宅中花似錦, 魏王[11]堤畔柳如絲.
良辰美景忍虛負, 驟雨飄風無定期.

---

10 고조(高祖): 한나라를 건국한 유방(劉邦).
11 위왕(魏王): 조조의 아들 조비(曹조).

감호대에서

서쪽은 봉래산으로 동쪽은 바다에 닿고
흰 구름은 때맞춰 사립문을 찾는다.

한 조각 외로운 배가 달 밝은 밤에
긴 피리 두어 소리에 흰 갈매기 날다.

솔 거문고 냇물 비파가 영롱히 울리고
봄바람에 한 번 누워 온갖 생각을 비우다.

세속에 있으면서 세속을 벗어난 줄 누가 알랴
흰 구름은 푸른 허공에 가다 멈추곤 한다.

題鑑湖臺

西接蓬萊東接海, 白雲時復訪柴扉.
一葉孤舟明月夜, 數聲長笛白鷗飛.
松琴澗瑟響玲瓏, 一臥春風百念空.
在世誰知還出世, 白雲行止碧空中.

보원스님을 보내며

태백산 가운데 풀 암자의 주인
보원은 이름이요 자는 언택일세.

면벽 삼 년에 공은 이미 깊더니
오늘 문득 산을 떠나는 신을 신다.

주인이 가면 풀 암자는 텅 비고
풀 암자가 텅 비면 흰 구름만 외롭다.

넓은 들은 망망하고 하늘도 저무는데
향산 일대는 서글픈 마음으로 푸르다.

送普願上人

太白山中草庵主, 普願其名字彦澤.
三年向壁工已做, 今日忽着移山屐.
主人去兮草庵空, 草庵空兮孤雲白.
大野茫茫天又暮, 香山¹²一帶傷心碧.

---

12 향산(香山): 묘향산을 말함.

정관 일선

靜觀 一禪

[1533~1608]

스님은 서산대사 휴정의 4대 제자의 한 사람이다. 속성은 곽씨이고 충청도 연산 사람이다. 선사의 어머니는 어떤 이상한 스님이 한 쌍의 구슬을 주면서 기숙하기를 청하는 태몽을 꾸고 태어났다. 15세에 출가하여 도를 구하였다. 일선(一禪)은 법명이며 정관(靜觀)은 자호(自號)이다. 서산(西山)에게 심법(心法)을 전해 받았다. 말년에 덕유산 백련사로 자리를 옮겨 그곳에서 입적했다. 나이는 76세, 법랍은 61세였다.

스님은 임란이 발발하자 교계 원로의 입장으로 평생 산문을 중심으로 구도 생활에 전념했다. 스님은 종단의 일이라든가 산문 밖의 일에는 직접적인 참여를 하지 않고 오직 청정구도의 수행으로 일관했다. 저서로는 『정관집(靜觀集)』이 있다.

대둔사에서

솔바람은 사람 귀를 맑게 하고
시내 소리는 꿈속으로 이끈다.

재를 올린 뒤에 마시는 차 한 잔
바람과 달은 아침저녁을 함께 한다.

題大芚寺
松韻淸人耳, 溪聲惹夢魂.
齋餘茶一椀, 風月共朝昏.

화두조

깍깍거리는 화두조는
시시때때로 화두를 권한다.

밤새도록 선창에 누어서
이 소리를 들으면 부끄러움이 없을까.

話頭鳥
各各話頭鳥, 時時勸話頭.
禪窓終夜臥, 聞此可無羞.

고적대로 돌아가다

떨어지는 나뭇잎이 산길을 덮고
갈 길을 물을 사람이 없네.

늙은 중은 부지런히 탑상을 쓸고
동자는 문을 나와 맞이한다.

歸高寂坮

落葉埋山逕,　無人可問程.
老僧勤掃榻,　童子出門迎.

설잠스님에게 드리다

발은 수천 산봉우리 눈을 밟았고
지팡이는 수만 골짜기 연기를 헤집다.

세속의 인연은 모두 잊고 나니
세상 밖에서 스스로 초연해진다.

贈雪岑

足踏千峰雪,　筇侵萬壑烟.
世緣除蕩盡,　物外自超然.

현묵스님에게 드리다

심오한 언어 바깥의 종지
잠잠한 고요함 속에 살아간다.

만약 다른 곳으로부터 찾자면
고개 돌리는 순간, 눈은 이미 어두워진다.

贈玄默

玄玄言外旨, 默默靜中存.
若也從他覓, 回頭眼已昏.

눈멀고 귀먹은 스님에게

듣지 못하면서 자성을 듣고
보지 못하면서 진심을 본다.

심성을 모두 잊은 곳에
텅 빈 맑은 물속에 달이 나타나다.

贈盲聾禪老

不聞聞自性, 不見見眞心.
心性都忘處, 虛明水月臨.

불망기

세상살이 무엇을 가질 것인가
몸 이외에 남는 것 없어라.

사대가 마침내 떨어져 흩어질 것이니
상쾌함이 빈 허공을 오를 듯하다.

不忘記

世間何所有, 身外更無餘.
四大[1]終離散, 快如登太虛.

금강대에 다시 올라

높은 누대에 조용히 앉아 잠 못 이루는데
쓸쓸한 외로운 등불이 벽에 걸려 있다.

때때로 좋은 바람이 창밖에 부는데
뜰 앞에 솔방울 떨어지는 소리 들려온다.

重上金剛臺

高坮靜坐不成眠, 寂寂孤燈壁裡懸.
時有好風吹戶外, 却聞松子落庭前.

---

1 사대(四大) : 불교에서 地·水·火·風으로 비롯되는 만물의 근원을 일컬음.

보은태수께 올리다

학이 하늘을 날며 구름 끝에 춤추고
만 리길 하늘과 땅을 한 눈에 바라보다.

소리는 구천의 가을 달 아래를 보내나니
그 누가 잡아서 새장 사이에 매어두랴.

上報恩太守

鶴飛天末舞雲端, 萬里乾坤一眼看.
聲送九霄秋月下, 誰能捉得繫籠間.

도파원으로 돌아가며 작별하다

풍악산에서 봄날에 너와 함께 노닐었는데
묘향산에서 누구와 함께 맑을 가을을 보낼까.

선경이 쌓인 정을 씻어준다고 말하지 말라
좋은 물 아름다운 산이 바로 시름이다.

歸兜波院留別

楓岳春山共爾遊, 妙香誰與送淸秋.
莫言仙景遣情累, 好水佳山終是愁.

옛 절

나그네 쓸쓸한 절을 찾으니 봄이 한창인데
바위 앞에서 차를 달이니 저녁연기 피어오른다.

숲 건너 옛 탑에는 사람이 닿지 않고
저녁 까마귀가 흰 구름 속으로 날아든다.

古寺

客尋蕭寺正春年, 煮茗岩前起夕烟.
古塔隔林人不管, 暮鴉飛入白雲邊.

지선객에게

세상 밖으로 뛰어나가 한가로이 노닐거니
마음대로 아침저녁을 보낸다.

발은 천 산이 달을 밟고
몸은 만 리 구름을 따른다.

본디 남과 나의 소견이 없나니
어찌 옳고 그름의 문이 있으리오.

새들도 꽃을 머금고 오지 않는데
봄바람은 부질없이 스스로 향기롭다.

贈芝禪客

優遊²超物外, 自在度朝昏.
足踏千上月, 身隨萬里雲.
本無人我見³, 那有是非門.
鳥不含花至, 春風空自香.

---

2 우유(優遊): 한가롭게 지내는 모양.
3 인아견(人我見): 사상중(四相中)의 이상(二相)으로 '사람'이다. '나'가 '실재(實在)한다'라고 고집하는 견해를 말함.

관선자에게 드리다

남쪽 누대 위에 고요히 앉아서
공이 곧 공이 아님을 보고 있다.

소리와 빛의 바깥에 얽매이지 않고
차라리 보고 듣는 가운데 떨어져라.

맑고 깨끗하기는 가을 연못에 비친 달이고
높이 솟은 것은 눈 쌓인 산 고개 소나무일진저.

현관을 망치로 쳐서 깨부수어야
비로소 선풍을 떨칠 수 있으리.

贈觀禪子

靜坐南臺上, 觀空不是空.
勿拘聲色外, 寧墮見聞中.
湛湛秋潭月, 亭亭雪嶺松.
玄關[4]搥擊碎, 方得震禪風.

4　현관(玄關): 깊고 오묘한 이치에 통하는 관문. 곧 깊고 묘한 도에 들어가는 단서.

칠불암에서

절은 두류산 반야봉 동쪽에 있는데
달 밝은 대웅전은 그림자 영롱하다.

향 사위자 상서로운 놀이 뜰 평상에 날아들고
꿈 깨자 성근 종소리 저녁 바람에 떨어진다.

청학은 청학동에 오지 않고
백운은 백운봉에 길게 감싼다.

돌문이 저 멀리 쌍계사 아래로 보이고
가을빛이 어렴풋이 한눈에 들어온다.

題七佛庵

寺在頭流般若東, 月明金殿影玲瓏.
香消瑞靄飛庭榻, 夢覺疎鐘落晚風.
靑鶴不來靑鶴洞, 白雲長鎖白雲峰.
石門遠見雙溪下, 秋色依微一望中.

통도사에서

나그네가 그윽한 뜰에 들어서니 바람도 없고
해가 서쪽을 비추는데 저녁 종소리 들려온다.

누대 바깥 맑은 시내, 시내 건너 대나무 숲
바위 가에 돌탑, 돌탑 가에 소나무라.

그늘을 등진 잔설에 오히려 봄이건만
밤 되어도 오히려 돌아가는 물레방아.

몇 년을 그리워했던가, 이제 비로소 왔다네
평생의 사무친 그리움이 한 시절 공이로다.

題通度寺

客尋幽庭入無風, 日照桑楡[5]聽暮鍾.
樓外淸溪溪外竹, 岩邊石榻榻邊松.
背陰殘雪春猶在, 住水僵砧[6]夜尙春.
長憶幾年今始至, 平生思戀一時空.

5　상유(桑楡)：해가 지는 곳. 해질녘의 그림자.
6　강침(僵砧)：물에 엎드린 물레방아.

행로난

일찌감치 속세를 벗어나 고향을 나왔고
짚신 신고 두루 명산을 모두 밟았다.

지난날에는 가을 달에 구름따라 떠나가고
이제는 봄바람에 물 건너 돌아온다.

고기 맛으로 어찌 채소의 쓴맛을 알고
비단옷으로 누가 누더기의 찬 줄을 알랴.

고향으로 돌아가리, 안개와 노을 속으로
만 리길 아득아득 가는 길 어렵구나.

行路難[7]

早脫紅塵[8]出故關, 芒鞋踏破遍名山.
昔年秋月隨雲去, 今日春風渡水還.
肉味那知蔬味苦, 錦衣誰識衲衣寒.
欲歸故園烟霞裡, 萬里悠悠行路難.

7 　행로난(行路難): 여기에서는 출가한 수도자에게 구도자의 길이 어려움을 의미함.
8 　홍진(紅塵): 속세.

선자에게

집을 나오면 모름지기 범류를 벗어나서
바루 하나 몸에 따르면 모든 일이 그만이다.

세상 밖의 안개와 노을이 마음에 이미 들었는데
인간의 영욕을 어찌 구할 뜻이 있으랴.

유장한 세월을 소요하며 보내며
산천 곳곳을 마음대로 노니다.

말을 가지고 자성을 알려고 한다면
도리어 불을 헤쳐서 물거품을 찾는 것 같으리.

贈禪者

出家須是出凡流[9], 一鉢身隨萬事休.
物外煙霞心已契, 人間榮辱意何求.
悠悠歲月逍遙遣, 處處山川自在遊.
欲向語言知自性, 還如撥火覓浮漚.

---

9 범류(凡流): 평범한 속세의 무리들. 분별과 집착을 벗어나지 못하는 중생.

본원 자성 천진불

묘한 성품은 무엇이든 본래 그대로 이루어져
청·황·홍·백의 만 가지 형상이로다.

산은 원래 묵묵하고 하늘은 원래 파랗고
물은 스스로 맑고 달은 스스로 밝다.

봄이 오면 제비 돌아오고 가을이 문득 가고
밤 깊으면 사람은 잠자고 새벽에 다시 깨어난다.

학 다리 길면 오리 다리 짧은 것은 천진 자체이니
밭두둑 위에 농부 노래가 태평이라네.

本源自性天眞佛

妙性頭頭本現成, 靑黃紅白萬般形.
山元默默天元碧, 水自澄澄月自明.
春到燕來秋便去, 夜深人寢曉還醒.
鶴長鳧短天眞體, 陌上農歌是太平.

두류산 스님에게

늙고 병들어 뜻대로 되지 않아
바위 사립문 닫고 세월을 보낸다.

때는 가을이라 기러기 만나기 어렵고
다른 강호에서 어찌 고기를 기다리리.

구름 밖의 두류산은 아득한데
베갯머리에서 나비 꿈에 문득 당황하다.

새벽 종소리에 문득 놀라 깨어나니
희미하게 떨어지는 달만 빈방을 비춘다.

贈頭流僧

老病相侵意不如，岩扉獨閉送居諸．
時當秋節難逢鴈，處異江湖豈待魚．
雲外頭流山杳杳，枕邊胡蝶夢遽遽．
曉鍾聲裡忽警覺，落月依微照室虛．

희 법사 스님에게 드리다

가을바람에 가을 달이 붉은데
나무 사이에서 불이의 법을 이야기한다.

겨울눈 내리고 겨울밤이 쇠잔한데
등불 아래 줄 없는 거문고를 함께 연주한다.

누가 알리, 오늘의 누를 길 없는 시름을
어느 푸른 산에서 다시 옷깃을 함께 하리.

贈法師熙上人

九秋風九秋月紅, 樹間共談不二法[10].
三冬雪三冬夜殘, 燈下相弄沒絃琴[11].
誰知此日愁難制, 何處靑山又同襟.

---

10 불이법(不二法): 차별적인 경지를 벗어난 절대적 평등적인 진리를 나타내는 법문.
11 몰현금(沒絃琴): 줄이 없는 거문고, 불립문자의 절대적인 경지.

영허 해일

暎虛 海日

[1541~1609]

조선 중기에 활동한 스님이다. 속성은 김씨, 호는 해일(海日), 또는 보응(普應). 영허(暎虛)는 별호(別號)이다. 그의 집안은 본래 양반이었고 전라도 김제 만경현에서 대대로 유학을 업으로 내려온 집안이었다.

꿈속에서 이인(異人)이 어머니 홍씨에게 밝은 구슬을 주면서 이것을 잘 보관하라는 말을 듣고 선사를 임신했다고 한다. 겨우 8세에 이미 경전을 이해하여 신동이라는 소리를 들었고, 19세에 출가하여 실상사 인언(印彥)대사에게 나아가 머리를 깎고 승려가 되었다. 지리산 부용(芙蓉)대사, 금강산 징(澄)대사, 묘향산 서산대사에게 나아가 공부하였다. 1588년(선조 22)에 다시 실상사로 돌아와 언제나 『지장본원경』을 독송하다가 그곳에서 입적하였다.

4권 1책의 『영허집(暎虛集)』을 남겼다. 『영허집』은 1635년(인조 13)에 간행되었다. 여기에는 70여 편의 시문과 신라시대의 부설거사와 낭자 묘화와의 일을 유려한 문체로 적은 『부설전』이 있고, 두류산·묘향산·금강산을 다녀온 기행문 「유산록」도 보인다.

대용

눈썹은 우주를 가로지르고
눈동자는 하늘과 땅을 꿰뚫는다.

손에는 용천검을 들고서
사람을 만나면 명근을 벤다.

大用[1]

眉毛橫宇宙, 眼睫透乾坤.
手把龍泉劒[2], 逢人斬命根[3].

1　대용(大用): 큰 지혜의 작용.

2　용천검(龍泉劒): 천하의 보검. 북두와 견우 사이에는 항상 자주빛이 있어서 용천
　　(龍泉)이라 했다고 함.

3　명근(命根): 불교에서 명은 활(活), 수(壽)는 기한이라고 풀음. 일반적으로 명근
　　은 수명을 말함.

나그네의 한탄

궁벽한 곳에 떨어지는 꽃도 없는데
누구 집이기에 제비도 돌아오지 않는다.

올 한 해 좋은 시절은 모두 지나가고
나그네 홀로 타향에서 슬퍼하고 있다.

客恨

甚處花無落, 誰家燕不歸.
一年佳節盡, 獨客異鄕悲.

인월암

칠순이 가까워 병이 들고
경전은 모두 눈 속에든 티끌이라.

문 닫고 높이 누워 생각이 없으니
태백산 두류산이 꿈속의 봄이로다.

引月庵

臘近從心病入神, 經書都是眼中塵.
杜門高臥無思慮, 太白頭流夢裏春.

절구

삼십 년 동안 산 밖을 나서지 않으니
흰 구름 푸른 학과 함께 이 몸이 한가롭다.

한적한 마음은 세상 시비와 담을 쌓았는데
세상 시비에 젖을까 적이 걱정된다.

絕句

三十年來不出山, 白雲靑鶴共身閑.
閑情不許時人說, 恐作眞膽漏世間.

흐르는 물

한 줄기 차가운 수원(水源)이 맑고도 그윽한데
산을 휘돌아 들을 가로질러 한가롭게 흘러간다.

졸졸 흐르다 마침내 저절로 강물을 이루며
예로부터 지금까지 쉬지 않고 흐른다.

流水

一派寒源淸且幽, 環山橫野等閑流.
涓涓自得朝宗勢[4], 從古于今逝不休.

---

4 조종세(朝宗勢): 조종우해(朝宗于海). 강물이 바다로 흘러들어가는 형세를 말함.

산에 살며

산림에 이 몸을 맡긴 것은 달가운 분수이니
맑고 한적한 하루, 세속의 시끄러움이 전혀 없다.

앞뒤로 오가는 사람이 전혀 없고
오히려 사방 이웃이 된 푸름이 가득 보인다.

山居

甘分山林寄此身, 淸閑日夜絶囂塵.
後無來者前無去, 猶見蒼蒼作四隣.

준 대덕 스님을 애도하며

살아 있는 것도 허깨비이고 죽음도 허깨비니
죽고 사는 것이 원래 하나의 헛된 허깨비라.

이것을 통달하면 진공에 근본하여
한 걸음 옮기지 않고 저쪽 세계에 오르리라.

挽俊大德

生也幻兮死也幻, 死生元是一虛幻.
伊麼了達本眞空[5], 寸步不移登彼岸.

---

5 진공(眞空): 공(空)을 다시 부정한 진실한 공(空). 유와 무의 대립을 초월한 진정
   한 공.

염불승

극락정토 수행 길엔
인간 공덕이 숲을 이룬다.

베풂은 선업을 더해주고
입을 열면 황금을 토해낸다.

육자를 동일하게 천 번 외고
삼관은 다만 한 마음이라.

아미타불은 어느 곳에 계시는가.
바로 청정하고 오묘한 소리에 있다.

念佛僧

淨土修行路, 人間功德林.
施爲增白業[6], 開口吐黃金.
六字[7]同千念, 三觀[8]只一心.
彌陀在何處, 淸淨妙言䰇.

---

6 백업(白業) : 불가에서는 선업(善業)을 백업(白業)이라 하고, 악업(惡業)을 흑업(黑業)이라고 한다.

7 육자(六字) : 여섯 자의 명호, 나무아미타불(南無阿彌陀佛)을 말함.

8 삼관(三觀) : 진리를 달관하는 세 가지 지혜, 즉 천태(天台)의 공관(空觀)·가시(假視)·중관(中觀)을 말함.

일물

우리 집에 한 물건이 있으니
꼬리도 없고 머리도 없다.

나고 들며 오고감이 같고
행장은 가고 머묾과 함께 한다.

궁구하여 찾음에는 적막이 많고
움직여 씀에는 한가로움을 극대화한다.

면전에서 뵐 적엔 무명의 형상이요
사람을 만나면 웃음을 그치지 않는다.

一物

吾家有一物, 無尾亦無頭.
出入同來往, 行藏[9]共去留.
窮尋多寂寞, 動用極優游.
覿面[10]無名[11]狀, 逢人笑不休.

---

9   행장(行藏): 세상에 나가 도를 행하는 일과 물러나서 숨는 일.

10 적면(覿面): 눈앞, 목전. 바로 면전에서 뵙는 일.

11 무명(無名): 사견(邪見)이나 망집(妄執)으로 불법의 진리를 깨닫지 못한 혼미한
    마음.

나의 뜻

나의 탁발 인생, 무리에서 홀로 뛰어나
언제나 마음을 가다듬고 문 앞에 섰다.

잠깐 어구를 듣고서 빈 땅을 돌고
겨우 '이 뭣고!'를 말하며 문득 뿌리를 벤다.

일천 성인께선 보이는 세계에 머물지 않고
하나의 진리로 어떻게 마음을 잡았을까.

동서남북이 무애로 가지런히 하니
이런 것을 바야흐로 대장부라 부르리.

自意

杖鉢[12]生涯獨出羣,　時時按劍立當門.
暫聞是句環空地,　纔說伊麼便斬根.
千聖未能留眼界,　一眞那得着心君[13].
東西南北渾無碍[14],　如是方稱大丈夫.

12　장발(杖鉢) : 중이 가지고 다니는 석장(錫杖)과 바루, 또는 그것을 가지고 다니는
　　탁발승.
13　심군(心君) : 마음.
14　무애(無碍) : 장애가 없다는 뜻. 모든 바깥 경계에 걸리지 않고 자유로운 것.

제월 경헌
霽月 敬軒

[1542~1632]

조선 중기의 승려이다. 속성은 조(曹)씨, 본관은 장흥(長興)이다. 법호는 순명(順命), 당호는 제월당(霽月堂)이다. 경헌(敬軒)이 법명이다.

10세에 어버이를 여의고 할아버지 밑에서 자랐다. 15세 때 출가하여 천관사(天冠寺)에서 옥주(玉珠)의 제자가 되었다. 1576년(선조 9) 묘향산으로 가서 청허 휴정(清虛休靜)에게서 선종(禪宗)의 밀지(密旨)를 얻어 오도(悟道)하였다. 1578년(선조 11) 봄부터 금강산 내원동에서 수행하는 한편, 후학들을 지도하였다.

1592년 임진왜란이 발발하자 휴정의 승병 좌영장으로 활약하였다. 조정에서는 다시 선교양종판사(禪敎兩宗判事)의 직첩을 내렸으나 사양하고, 묘향산에 들어가 후학들을 지도하였다. 그 뒤 금강산·오대산·치악산·보개산(寶蓋山) 등 여러 명산을 두루 다녔으며, 그 가운데 금강산을 가장 좋아하여 30여 년간 머물렀다. 1618년 봄 은선동(隱仙洞)에 암자를 지어 7년간 머물렀고, 1623년 봄 오대산으로 옮겨 많은 제자를 지도하여 학덕과 선풍이 널리 알려졌다. 1632년 여름 치악산의 영은사로 옮겨 2년을 지내다가 나이 90세, 법랍 75세로 입적하였다. 저서에 『제월당집』이 있다.

조용히 숨어 살며

여라 덩굴 부여잡고 신선 집에 이르렀나니
시냇물 백여 구비를 돌고 돌았다네.

새벽녘에 홀로 차가운 창가에서 꿈을 깨니
반쯤 닫은 솔 문에 달이 비쳐들기 시작한다.

幽居

捫蘿攀桂到仙居, 溪水盤廻百曲餘.
五更獨破寒窓夢, 半合松門月入初.

산을 떠나는 원도를 보내면서

신선굴 바위 앞에 흐르는 물
슬피 울며 다시 오열을 한다.

한스러운 것은 속세로 떠나버리니
영원히 구름과 산을 이별함이라.

送元道者出山吟

仙窟岩前水, 哀鳴復鳴咽.
應恨去人間, 永與雲山別.

비 온 뒤 청산의 아름다움

비에 씻긴 나환이 반쯤 하늘에 나타나자
맑은 바람이 때마침 구름안개를 쓸어낸다.

어떻게 용면의 솜씨를 얻어서
인간으로는 할 수 없는 아름다움을 그렸는가.

青山雨後奇

雨洗螺鬟[1]出半天, 清風時爲掃雲烟.
如何嬴得龍眠手[2], 畵出人間分外研.

---

1 나환(螺鬟) : 소라 고동처럼 나선형으로 생긴 쪽진 머리라는 뜻으로서 멀리 보이
   는 청산의 모습을 말한다.
2 용면(龍眠) : 송나라 이공린(李公麟)의 호(號). 자는 백시(伯時). 용면산에 살아
   서 용면거사라 일컬음. 시를 잘 짓고 그림을 잘 그렸음.

빈 절에서 자면서

섬돌 주변과 뜰에 이끼가 두루 피어나고
굳게 닫은 솔 문은 오래도록 닫혀 있다.

아마 이 집 주인은 신선이 되어
이따금 학을 타고 달밤에 오나보다.

宿空寺吟

階邊庭畔遍生苔, 深鑠松門久不開.
應是主人爲羽客[3], 有時騎鶴月中來.

3　우객(羽客): 신선.

여관에서 벗을 만나

오랑캐 티끌이 사방에 자욱한데
나그네의 마음은 어떠하랴.

변방 고개에는 수심 어린 구름이 암울하고
강과 호수에는 비바람이 어지럽다.

화정에는 외로운 학이 홀로 울고
마른나무에는 뭇 까마귀가 모여든다.

옛날부터 알고 지내던 벗을 우연히 만나
회포를 이야기하는데 달은 뉘엿뉘엿.

旅館逢友人

胡塵冥四界, 旅客意如何.
塞嶺愁雲暗, 江湖風雨多.
華亭[4]鳴獨鶴, 枯木聚群鴉.
邂逅舊相識, 論懷月欲斜.

4　화정(華亭): 화정학려(華亭鶴唳)에서 나온 말. 진(晉)나라 육기(陸機)가 살해당
　할 때, 지난날 고향인 화정에서 학의 우는 소리를 다시 듣지 못함을 한탄한 고사로
　서 고향을 그린다는 뜻.

심생원의 운을 따라

낙양의 호걸스런 선비가 연하에 들었거니
아마 번화하고 글러 먹은 세태가 싫었으리.

달은 솔 난간에 가득하고 사람은 적적한데
높이 누워 시를 읊는 그 마음은 어떠한가.

次沈生員韻

洛陽豪士入煙霞，應厭繁華世態訛.
月滿松軒人寂寂，淸吟高臥意如何.

불일암에서 자면서

이끼 덮인 돌길에 옛 절은 텅 비어 있는데
고운 선생의 지난 자취, 저녁연기에 덮여 있다.

꿈 깬 새벽녘에 사람 자취 적막하고
하늘에서 울리는 달빛 속, 학의 울음소리.

宿佛日庵

古逕苔封古寺空，孤雲[5]遊跡暮烟籠.
夢破五更人寂寂，磨霄鶴唳月明中.

---

5   고운(孤雲)：신라 말엽에 살았던 최치원의 호.

스스로 조롱하며

다시 태어나지 않겠다는 가곡으로 평생을 보내면서
몇 번이나 시내와 산의 봄가을을 보냈던고.

천고의 나그네 마음은 백 대의 일이며
뜬구름 일어났다 사라지고, 달은 찼다 기울었다.

自嘲

無生[6]歌曲送平生, 幾度溪山黃又靑.
千古旅情百代事, 浮雲起滅月虧盈.

---

6 무생(無生): 생멸하는 모양이 없는 것. 다시 미계(迷界)의 생을 받지 않겠다
   는 것.

희옥선자에게

둥근 머리 각진 겉옷에 전생의 인연이 있어
티끌 번뇌를 일찌감치 벗어나 자연에 들어왔네.

거친 옷으로 냉기 막으며 천일을 버텼고
현미로 굶주림 달래며 백년을 지내왔다.

목욕에는 반드시 맑은 시냇물에서 하였고
참선은 모름지기 가장 높은 곳을 지향했다.

솔과 대의 절조는 서리와 달을 함께하여
죽을 때까지 지팡이를 이 골짝을 나지 말라.

贈熙玉禪子

圓頂[7]方袍[8]有宿緣, 塵煩早脫入林泉.
麤衣禦冷經千日, 糯米充飢過百年.
洗浴必臨碧澗水, 安禪須向最高顚.
松筠節操兼霜月, 終老箚無出洞天.

7　원정(圓頂): 둥근 정수리. 즉 중을 말함.
8　방포(方袍): 네모진 예복으로 중이 입는 가사.

준선덕의 구어에 답하다

솔과 대의 절조는 서리와 눈을 이기니
물과 달의 정신이 어찌 티끌에 물들이랴.

장하도다, 장부의 뜻을 깊이 간직하여
명산을 두루 찾아 그 주인이 되어라.

賽俊禪德求語

松筠節操凌霜雪, 水月精神豈染塵.
壯哉深包丈夫志, 須訪名山作主人.

함께 머무는 도반에게

자기의 천진불을 되돌려 찾아보라
어찌하여 남으로부터 아야를 묻는가.

만약 진실로 낭생의 면목을 얻는다면
각각의 모든 사물이 모두 석가모니라.

示同住道伴

反求自己天眞佛[9], 何更從他問阿爺[10].
若能信得娘生[11]面, 物物頭頭總釋迦.

---

9 천진불(天眞佛): 법신불(法身佛)의 다른 이름. 법신은 천연의 진리이며, 우주의
   본체이므로 천진불임.
10 아야(阿爺): 아버지.
11 낭생(娘生): 어머니.

멀리 있는 사람을 생각하며

멀리 있는 그 사람 이별한 지 이미 사오 년
그리움이 애끓는데 거듭 구름이 막아섰다.

지난 가을 나뭇잎은 서리 맞아 날아가고
올여름 강가에는 버들개지만 어지럽다.

행각이 끝이 없어 정겨운 말은 매양 어긋나고
각각의 길 때문에 좋은 기양은 길이 막힌다.

창망하게 석양 바깥에 홀로 서 있나니
옛 설움 새로운 시름에 부질없이 머뭇거린다.

憶遠人

四五年來別遠人, 相思憔悴隔重雲.
前秋木末飛霜葉, 今夏江頭柳絮紛.
良話每違行不盡, 佳期長阻各由門.
悵然獨立斜陽外, 舊恨新愁謾自迡.

부휴 선수
浮休 善修

[1543~1615]

조선 중기에 활동했던 스님이다. 속성은 김씨, 남원 출신이다. 호가 부휴이다. 모친이 신승(神僧)으로부터 염주를 받는 태몽을 꾼 뒤에 태어났다고 한다. 20세에 지리산에서 신명(信明) 대사에게 출가하여 제자가 되었고, 부용 영관(芙蓉靈觀, 1485~1571)에게 심요를 얻었다. 스님은 평생을 수행에 힘썼고 유학과 시문, 그리고 서예에도 뛰어났다. 스님은 왕희지체를 익혔는데 사명대사와 함께 당대의 '2난(二難)'이라 불릴 정도였다고 한다. 광해군의 원찰인 경기도 양주 봉인사(奉印寺)의 법회를 주관했고, 덕유산, 가야산, 속리산, 금강산 등지에서 정진하였다. 법랍 57세, 나이 73세였다.

준 상인에게

진여로 돌아가 미망이 빈 것을 깨달은바
중생과 부처는 본래 함께 통한다.

미혹은 나방이 화염에 뛰어듦과 비슷하고
깨우침은 학이 새장을 벗어남과 같다.

贈俊上人
歸眞了妄空, 生佛本通同.
迷似蛾投焰, 悟如鶴出籠.

욱 장로에게

덧없는 인생길이 얼마나 되겠소.
언제나 자금산을 생각하시게.

만약 무심의 경지에 이른다면
원숭이 여섯 구멍이 한가하리.

贈昱長老

浮生能幾許, 常念紫金山[1].
若到無心[2]地, 獼猴[3]六鑿[4]閑.

---

1 자금산(紫金山): 불신(佛身)이나 부처님을 상징함.

2 무심(無心): 분별이 전혀 없는 마음의 상태.

3 미후(獼猴): 번역하여 원숭이. 원숭이는 성질이 가벼워서 침착하지 못하므로 그
   것을 범부가 오욕(五欲)이 성하여 불안정한 모습을 비유한 말.

4 육착(六鑿): 여섯 구멍. 色·聲·香·味·觸·法의 육경(六境)을 '보고·듣고·맡고·맛
   보고·닿고·알고'하는 육식(六識)의 작용.

공림사에서 잠을 자며

눈 내리는 깊은 달밤에
만 리길 고향으로 달려가는 마음.

싸늘한 바람이 뼛속 깊이 파고드는데
나그네 홀로 침울하게 읊조린다.

宿空林寺
雪月三更夜, 關山萬里心.
淸風寒徹骨, 遊客獨沈吟.

일선화가 말을 구하기에

봄이 이른데 매화 만발하고
가을 깊은데 들국화가 피었다.

이 가운데 일을 말하고자 한다면
뜬구름만 부질없이 오가는구나.

一禪和求語
春早梅花發, 秋深野菊開.
欲說箇中事, 浮雲空去來.

고수재의 운에 맞춰

시흥은 봄을 지나면서 어지럽고
이별의 정은 저물면서 풍요롭다.

내일 아침이면 차 한 사발하고
호계 다리에서 서로 송별하리니.

次高秀才韻

詩思經春亂, 離情入暮饒.
明朝茶一椀, 相送虎溪橋[5].

고향 스님 각 장로의 시축에

정처 없는 늙은 스님
홀로 해남 마을로 향한다.

절 밖에서 서로 송별하니
서리 바람에 나뭇잎이 떨어진다.

題鄕僧覺長老詩軸

飄然一老衲, 獨向海南村.
相送山門外, 霜風葉正落.

5　호계교(虎溪橋): 중국 동진 때 여산(廬山)에서 혜원스님이 동림사에서 도연명과
　　육수정을 배웅하면서 자기도 모르게 호계 다리를 지나면서 웃었다는 '호계삼소
　　(虎溪三笑)'라는 고사와 관련이 있다.

종봉에 차운하여

석양에 산 비가 지나가고
강 바다에 나그네는 시름도 많다.

쓸쓸하여 물어오는 사람도 없고
밤중에 솔창은 달도 밝구나.

次鍾峰韻

夕陽山雨過, 江海客多情.
寂寞人誰問, 松窓夜月明.

유상공 노인네에게

한결같이 구름과 물의 나그네 되어
맹세코 세속 풍진을 밟지 않으려 했다.

세속은 엉킨 실과 같아서
침잠하며 옛 친구를 생각게 한다.

贈兪相公老爺[6]

一爲雲水客, 矢不踏風塵.
世故如絲亂, 沈吟思故人.

---

6 노야(老爺): 늙은이.

어떤 스님에게

스승 찾고 도 닦는 것은 다름 아니니
다만 소를 타면 저절로 집에 이른다.

백 척 장대 위에 활보할 수 있으면
항하 모래처럼 부처가 꽃처럼 눈앞에 피어난다.

贈某禪子

尋師學道別無他, 只在騎牛⁷自到家.
百尺竿頭能濶步, 恒沙⁸諸佛眼前花.

환스님에게

도는 본디 말을 떠나 설명하기 어려운데
더욱이 형(形)과 색(色)은 헤아릴 길이 없네.

바위 앞 푸른 대는 구름 속에 서있고
누대 위 국화는 이슬 머금어 향기롭다.

贈環師

道本忘言難指注, 更無形色可思量.
岩前翠竹和雲立, 坮上黃花帶露香.

7　기우(騎牛): 소를 타다. 여기에서 소는 본래의 진면목으로 불성, 본성을 뜻한다.
8　항사(恒沙): 항하의 모래. 지극히 많은 것을 뜻함.

황혼에 부르는 소리를 듣고

눈발은 어지러이 흩날리고 해는 이미 잠겼는데
차가운 바람은 쌀쌀하게 숲속에서 일어난다.

소리는 저 멀리 산문 밖에서 들려오는데
분명코 나그네가 주인 부르는 소리이거니.

黃昏聞喚聲

新雪飄飄日已沈, 寒風颯颯起疏林.
數聲遙徹山門外, 應是行人喚主音.

준상인에게

도에는 모름지기 나의 아만을 없애야 하고
수행에는 무엇보다 욕심과 노여움을 모두 버려라.

헐뜯고 명예로운 소리를 바람 지나가듯
모든 일에 무심하면 도는 절로 새로워진다.

贈峻上人

參問[9]須宜除我慢[10], 修行只合去貪瞋[11].
雖聞毀譽如風過, 萬事無心道自新.

---

9 참문(參問): 제자가 스승에게 법을 물음. 또는 자신의 수행 정도를 점검받음.
10 아만(我慢): 칠만(七慢)의 하나. 아만은 자기의 능한 것을 믿고, 다른 이를 업신
    여기는 것을 말함.
11 탐진(貪瞋): 탐욕과 성냄.

고향으로 돌아가는 사람을 보내며

세상 바깥 한가한 사람, 세상 바깥에서 노닐더니
주우산 국화꽃이 정녕 꽃다운 가을이다.

오늘 아침 사립문 밖에서 그대를 보내나니
금수봉 머리에 푸른 아지랑이 떠 있다.

送人歸故山

物外閑人物外遊, 走牛山菊政芳秋.
今朝相送柴門外, 錦繡峰頭翠靄浮.

불정대

한가로이 뜬구름을 밟으며 걸음걸음 나아가서
산꼭대기에 올라서서 구슬 숲을 바라본다.

백천동 속에는 안개와 노을이 고색창연하고
동해 물결 위에는 세월이 깊었구나.

佛頂坮

閑踏浮雲步步尋, 登臨絶頂對珠林.
百川洞[12]裏烟霞古, 東海波頭歲月深.

---

12 백천동(百川洞): 금강산에 있는 곳의 지명임.

한 조각 한가한 구름이 푸른 허공을 지나가는데

봄이 다 지난 강호의 꽃이 바람에 날리고
해 저물자 한가한 구름이 푸른 허공을 지난다.

너로 인해 인간의 허망함을 알았나니
한바탕 웃음으로 모든 일을 다 잊는다.

一片閑雲過碧空

江湖春盡落花風, 日暮閑雲過碧空.
憑渠料得人間幻, 萬事都忘一笑中.

복천동대

저무는 날 가을빛이 산허리에 가득하고
봉우리마다 서리 맞은 잎들이 바람결에 흩날린다.

시내 낀 산들은 석양 속에 더욱 좋으니
황혼에 돌아와서 달이 뜨기를 기다린다.

福泉東坮

落日秋光滿翠微, 亂峰霜葉逐風飛.
溪山更好夕陽裏, 只得黃昏月上歸.

고향으로 가는 호상인을 보내며

만이랑 누런 구름이 일렁이는 가을보리밭 언덕
천리로 그대를 보내며 수심을 감당하지 못하다.

호남의 도반들이 내 안부를 묻거들랑
몸이 금강과 더불어 백두가 되었다 하게나.

送浩上人之故鄉

萬頃黃雲麥隴秋, 送君千里不堪愁.
湖南道友如相問, 身與金剛共白頭.

고향으로 돌아가는 조카 혜일을 보내면서

아, 너는 지금 가면서 그림자만 따르나니
떠나는 정이 많아서 말조차 느릿느릿 하구나.

문에 기대어 학발이 안부를 물으시거든
버들 푸른 봄바람 불 때까지 기다리시라 하라.

送姪惠日歸故鄉

嗟汝今行影獨隨, 情多臨發語遲遲.
倚門鶴髮[13]如相問, 只得春風楊柳時.

---

13 학발(鶴髮): 학처럼 하얀 머리칼. 여기서는 부모님을 말함.

김처사에게

가을바람과 함께 구름 속에서 놀았는데
헤어지고 그리워서 마음이 편치 않다.

비로봉에는 좋은 경치가 그대로 있으니
늦봄에 다시 이 산을 찾으시게나.

寄金處士

秋風同與戲雲間, 別後相思意不閑.
又有毘盧餘景在, 只宜春晚更尋山.

백진사의 시에 차운하여 스님에게 주다

한 칸 초가집에 한가로운 한 스님
조석으로 향 사르고 또 등불을 켠다.

이야기 밤 깊도록 이어지고 산달이 지고
맑은 경쇠소리 구름 속에서 흘러나온다.

次白進士韻贈僧

一間茅屋一閑僧, 日夕焚香又掛燈.
語到夜深山月落, 數聲淸磬出雲層.

고향으로 가는 쌍익을 보내며

눈 내리는 깊은 달밤에 조용히 그대와 마주하고
경쇠 소리가 창문을 두고서 이따금 들려온다.

내일 아침엔 홀로 강남을 향해 떠나갈진대
어느 해지는 곳에서 흰 구름을 바라보리.

送雙翼之故鄉

雪月三更靜對君, 一聲疎磬隔窓聞.
明朝獨向江南去, 何處斜陽望白雲.

담선자에게

그대는 세상 밖에서 진리를 찾는 나그네요
나는 산속에서 도를 닦는 사람이라.

오늘 서로 만나 한바탕 크게 웃으니
누가 알리, 그 속에 온몸을 드러내고 있는 것을.

贈湛禪子

君爲物外探眞客, 我是山中鍊道人.
今日相逢開一笑, 誰知箇裏露全身[14].

---

14 전신(全身): 온몸. 여기서는 깨우친 그대로의 모습을 말함.

서순상에게 바치다

우연히 만나서 등불 돋우며 하룻밤을 보내고
오늘 아침 다시 다리에서 송별하네.

다음에는 어디에서 다시 만날까
하늘 밖에 멀어지는 수레 소리만 들려온다.

奉徐巡相

邂逅挑燈過一宵, 今朝又別送河橋.
他年重見知何處, 天外徒聞相駕遙.

김사인을 받들어

의기가 높고 한가하여 세상 무리 짓지 않더니
선산에 약속 있어 층층 구름 밟았네.

서로 만나 한바탕 웃고 다시 이별하나니
문밖 푸른 벼랑에 눈발이 어지럽다.

奉金舍人

意氣高閑不世群, 仙山有約踏層雲.
相逢一笑還相別, 門外靑崖雪正紛.

송운에게 부쳐

물이 넓고 산이 높아 소식이 드물고
문 앞에는 오직 흰 구름만 날린다.

그리움에 홀로 맑은 개울가에 섰나니
날 저문 가을바람이 옷자락을 나부낀다.

寄松雲

水濶山長消息稀, 門前惟有白雲飛.
相思獨立淸溪上, 日暮秋風動草衣.

남궁 진사의 운을 따라서

이름은 서울을 흔들고 기상은 무리를 뛰어넘어
하늘이 봉의 새끼를 내어 사문을 맡기다.

비녀를 집어 던지고 자연으로 돌아오신다면
푸른 산과 흰 구름을 나누어 주리다.

次南宮進士韻

名動長安[15]氣邁群, 天生鳳子[16]任斯文[17].
投簪[18]如有歸林下, 分與靑山又白雲.

---

15 장안(長安): 중국 당나라 수도. 여기서는 우리나라 수도인 한양을 말함.
16 봉자(鳳子): 상상속의 봉황새 새끼. 여기서는 상대방인 남궁진사를 가리킴.
17 사문(斯文): 성인의 도를 가리켜 일컫는 말. 유교를 말함.
18 잠(簪): 비녀. 벼슬을 가리킴.

산거잡영

1

천지 사이를 굽어보고 우러르니
잠시는 한 때의 나그네.

숲을 일궈서 새 차를 심고
솥을 씻고 약을 달이다.

달밤에는 밝은 달을 희롱하고
가을 산에서 한가위를 보낸다.

구름 깊은데 물 또한 깊고
찾아오는 사람 없음을 스스로 기뻐한다.

2

산을 에워싼 돌길이 위태롭고
세상에서 들려오는 소식은 드물다.

달 속에서는 계수나무 향기 떨어지고
구름 밖에선 변방 기러기 날아간다.

서리 엷어 꽃은 아직 피어있고
날이 기우니 새들이 돌아온다.

훌륭한 경치가 많다는 것을 절로 아니
오래 앉아 있노라면 냉기가 옷에 스민다.

3
산이 높고 길도 위태로워
문밖에 찾아오는 손님 드물다.

북쪽 산 고개는 맑은 구름 지나가고
남쪽 산에는 가랑비 날린다.

국화 향기로워서 벌과 새들이 시끄럽고
소나무 늙어 학과 원숭이 돌아온다.

저무는 맑은 시내에 홀로 서니
가을바람에 옷자락이 날린다.

4
산빛은 사람 옷에 어리고
가을빛은 저녁노을에 어리다.

맑은 바람에 소나무가 절로 울리고
서리 내리니 기러기 날아가기 시작한다.

비단 수놓은 단풍은 바람 부는 언덕에 쌓이고
연기와 노을은 푸르스름한 산허리에 풍성하다.

서성이다가 읊조리며 홀로 완상하나니
해가 저물어 사립문 닫는다.

山居雜詠

（一）

俛仰天地間，暫爲一時客.

穿林種新茶，洗鼎烹藥石.

月夜弄月明，秋山送秋夕.

雲深水亦深，自喜無尋迹.

（二）

石逕繞山危，人間消息稀.

月中香桂落，雲外塞鴻飛.

霜薄花猶發，日斜鳥互歸.

自知多勝事，坐久冷侵衣.

（三）

山長路亦危，門外客來稀.

北嶺晴雲度，南山細雨飛.

菊香蜂鳥鬧，松老鶴猿歸.

獨立淸溪暮，秋風動草衣.

（四）

山色映人衣，秋光送夕輝.

風淸松自響，霜落鴈初飛.

錦繡堆風岸，烟霞富翠微[19].

徘徊吟獨賞，日暮掩柴扉.

---

19 취미(翠微): 산허리. 파란 산기운.

치악산 상원에서

뜰 안 기러기 탑은 고색창연하고
골짝 솔바람은 차가워라.

종소리는 취한 꿈을 일깨우고
등불은 아침저녁을 알린다.

마당을 쓰니 뼛속까지 시원하고
향을 사르니 나그네 넋까지 맑아진다.

한밤이 지나도록 잠 못 이루는데
창밖엔 어지러이 눈이 내린다.

雉岳山上院

雁塔[20]庭中古, 松風洞裡寒.
鐘聲驚醉夢, 燈火報晨昏.
掃地清人骨, 焚香淨客魂.
不眼過夜半, 窓外雪紛紛.

---

20 안탑(雁塔): 탑의 아칭(雅稱). 『서역기』에 떨어져 죽은 기러기를 땅에 묻고 그
   위에 탑을 세웠다는 기사에서 유래한 말.

정양사 현판의 운을 따라

봉래산의 선경이 좋나니
은으로 만 겹의 성을 지어놓았다.

구름 밖에는 구슬 봉우리 늘어섰고
숲 사이에는 옥 같은 시냇물이 운다.

하늘 낮아 몸이 닿을 듯하고
달이 떠오르니 눈이 다시 밝아진다.

여러 강산을 두루 돌아다녔지만
이번 놀이가 일생의 으뜸이라네.

次正陽懸板韻

蓬萊仙景好, 銀作萬重城.
雲外瓊峰列, 林間玉潤鳴.
天低身欲近, 月生眼還明.
踏遍江湖地, 玆遊冠一生.

피리 소리를 듣고

차가운 바람이 밤을 재촉하는데
어디서 들려오는 피리 소리가 구슬프다.

나그네 수심을 가만히 일으키니
다시 고향 생각을 이끌고 온다.

관산에는 깊은 설움이 간절하고
눈 오는 달빛에 멀리서 정이 열린다.

홀로 앉아서 부질없이 슬퍼하는데
바람에 한 그루 매화 열매 떨어진다.

聞笛

寒風催夜漏, 何處笛聲哀.
暗引客愁至, 却牽鄕思來.
關山幽怨切, 雪月遠情開.
獨坐空怊悵, 飄零[21]一樹梅.

---

21 표령(飄零): 나뭇잎이 바람에 펄럭이며 떨어짐. 영락(零落)함.

사명대사를 곡함

몽환 세상에 노닌 지 몇 해던가.
오늘에야 비로소 진여로 돌아간다.

세상 바깥에선 풍운의 주인이요
속세에서는 주석의 신하였노라.

관용과 인자로써 언제나 중생을 사랑했고
나라 위해 문득 육신을 잊었다.

갑자기 저승과 이승의 갈림길에 막히니
하늘 끝에서 손수건 가득 눈물로 적신다.

挽松雲[22]章
幾年遊幻眞[23], 今日始歸眞[24].
物外風雲主, 人間柱石[25]臣.
寬仁常愛衆, 爲國便忘身.
遠隔幽明路, 天涯淚滿巾.

22　송운(松雲): 사명대사를 말함.

23　환진(幻眞): 어지러운 인간 세상.

24　귀진(歸眞): 진여(眞如)의 세계로 돌아감.

25　주석(柱石): 기둥과 주춧돌. 나라의 주춧돌이 될 만한 인물.

고수재의 운을 따라

사람도 피하고 세상도 피할 겸
옷소매를 떨치고 선계에 들었더니

부귀는 한 벌 누더기요
생애는 구절포에 지나지 않는다.

시서는 고요함 속의 벗이요
산수는 눈앞의 그림이다.

마음은 차가운 재처럼 죽었고
마른 몸은 학처럼 여위었다.

次高秀才韻

避人兼避世, 拂袖入仙區.
富貴單雲衲, 生涯九節浦.
詩書靜裏友, 山水眼前圖.
心死如灰冷, 形枯共鶴癯.

정상인에게 주다

일단 신선 세계에 들었다가
아득한 노을 사이로 자리를 옮기다.

눈은 물건 빛깔을 따르지 않고
지팡이는 티끌세상에 들지 않는다.

도를 물으며 뜰 나무를 바라보고
향을 사르며 성인 모습 우러른다.

하루아침에 활안이 열리면
천지가 한 털끝에 있으니라.

贈正上人

旣入神仙洞, 移棲杳靄間.
眼禁隨物色, 筇不入塵寰.
問道看庭樹, 焚香對聖顔.
一朝開活眼, 天地在毫端.

송계당의 운을 따라

일찌감치 풍진을 벗어나 이리저리 다니다가
새로이 깊은 산속에 그윽한 집을 짓다.

어진 사람 좋아해서 천 개 대나무를 심었는데
절개를 사모해 백 척 소나무를 심다.

울밑에 국화 심어 마음이 은일하고
달 아래 시를 읊으니 소리가 영롱하다.

임천에서 늙어가니 즐거움이 남아 돌거니
무엇 땜에 미친 듯이 길 막혔다 통곡하랴.

次松溪堂韻

早罷風塵西復東, 新開幽室碧山中.
好賢已種千竿竹, 戀節時封百尺松.
栽菊籬邊心隱逸[26], 吟詩月下響玲瓏.
林泉終老有餘樂, 何用倡狂哭路窮[27].

---

26 은일(隱逸): 세상을 피해 숨어 사는 것. 국화는 은일을 상징하는 꽃임.

27 곡노궁(哭路窮): 길이 막혀 대성통곡하다. 중국 삼국시대 죽림칠현의 한 사람이
    었던 완적(阮籍, 210~263)이 뜬금없이 마차를 몰고 달리다가 길이 막히면 대성
    통곡하고 돌아왔다는 고사에서 유래한 말.

산영루의 제운을 따라

천 년 느티나무 그림자는 냇가에서 늙었고
밤중의 성긴 종소리는 달 아래 새롭다.

십리 아침 연기는 바다 기운에 이어질 듯하고
몇몇 봄 새 소리는 산 사람을 부른다.

누대 앞 물은 파래서 바람이 얼굴에 불고
난간 바깥은 구름이 짙어 이슬이 수건을 적신다.

좋은 풍경이 많아서 온종일 난간에 기대고
가슴 속은 거울처럼 저절로 티끌이 없어진다.

次山影樓題

千年檜影溪邊古, 夜半疎鍾月下新.
十里朝烟連海氣, 數聲春鳥喚山人.
樓前水碧風生面, 檻外雲濃露滴巾.
終日憑欄多勝事, 胸中如鏡自無塵.

정상인을 방문하여 만나지 못하고

멀리 나그네가 늦가을에 찾아왔는데
썰렁한 서재 적막하여 생각이 고즈넉하다.

강마을에 해 저무니 집마다 절구질 소리
골 어구에 구름이 깔리며 일마다 그윽하다.

흰 바위 푸른 이끼, 저자가 멀리 있고
붉은 벼랑 푸른 나무, 선계가 가깝도다.

슬프게도 송운의 주인을 뵙지 못하니
오로지 텅 빈 산에 시냇물만 흐른다.

訪鄭山人不遇

遠客來尋晩九秋, 寒齋寥落思悠悠.
江村日暮家家杵, 谷口雲橫事事幽.
白石蒼苔遙市井, 丹崖碧樹近瀛州[28].
堪嗟不見松雲主, 唯有空山澗水流.

---

28 영주(瀛州): 신선들이 산다는 삼신산인 봉래, 방장, 영주의 하나.

김생원에게 부치다

어지러운 티끌세상 불난 집 같아서
숲속에 숨어들어 이름을 없애버렸다.

일없이 한가롭게 살면서 산의 달을 희롱하고
고요히 앉아 향을 사르며 혼자서 마음을 찾는다.

밤중에 들려오는 종소리는 의기를 더해주고
저무는 날 가을빛은 시심을 움직인다.

어느 곳에 숨어 사는 사람이 시를 읊어 보내나
난간에 기대어 한 번 읊으니 눈 다시 밝아진다.

次寄金生員

塵世紛紛如火宅, 隱淪[29]林下擬亡名.
閑居無事弄山月, 靜坐焚香尋自經.
半夜鐘聲添意氣, 暮天秋色動詩情.
何處幽人吟送句, 臨軒一咏眼還明.

---

29 은륜(隱淪)：영락함. 선인(仙人), 은사(隱士). 여기서는 은사를 말함.

정산인에게

위태로움을 알고서 세상 피해 깊은 산속에 들었나니
학의 뼈에 솔 운치요, 얼음처럼 차가운 달의 마음이라.

인간에서 자취 숨기니 티끌 생각 가라앉고
세상 밖에서 정신 기르니 벼슬 마음 전혀 없다.

때로는 도원동에서 약을 캐고
어느 날은 절에서 진리를 찾는다.

한가로운 시골 늙은이라 일이 없고
최고 깨우침에 오르려는 소망을 금할 수 없다.

次鄭山人

知危避世入山深, 鶴骨松韻氷月心.
遁跡人間塵思靜, 頤神物外庭情沈.
有時採藥挑源洞[30], 幾日尋眞祇樹林[31].
野老身閑亦無事, 爲登絶頂望不禁.

---

30 도원동(挑源洞): 도연명의 〈도화원기(桃花源記)〉에 나오는 선계(仙界).
31 기수림(祇樹林): 인도의 기원정사. 절.

암선백에게 주다

묵묵히 앉아서 마음 비우고 홀로 문을 닫았나니
봄의 새 소리가 푸른 산 구름 속에서 들려온다.

연기와 노을 속에서 한가한 취향을 넉넉히 얻었지만
혼자 기뻐할 뿐, 그대에겐 못 주노라.

깊은 산에 홀로 앉았노라 만사가 가벼워서
온종일 문을 닫고 생멸 없는 법을 배운다.

생애를 점검하면 별 물건 없나니
새 차 한 잔으로 책 한 권을 읽다.

贈岩仙伯

默坐虛懷獨掩門, 一聲春鳥碧山雲.
烟霞剩得閑中趣, 只自熙怡不贈君.
獨坐深山萬事輕, 掩關終日學無生.
生涯點檢無餘物, 一椀新茶一卷經.

사명 유정
四溟 惟政

[1544~1610]

　　스님은 풍천(豊川) 임씨(任氏)의 사대부 가문에서 태어났다. 밀양 출생으로, 자는 이환(離幻), 호는 송운(松雲) 또는 사명(四溟)이다. 속명이 유정(惟政)이다. 13세에 이미 『맹자(孟子)』를 읽었고 뒤에 황악산 직지사 신묵(信默)에게 나아가 머리를 깎고 중이 되었다. 18세에 승과에 급제하였고, 32세에 선종의 주지가 되었으나 묘향산 서산대사에게 나아가 정법을 받았다. 금강산 보덕사에서 3년을 지내고 청량산, 팔공산, 태백산 등으로 돌아다녔다. 43세에 옥천산 상동암에서 하룻밤 소낙비에 뜰의 꽃이 떨어지는 것을 보고 무상을 절실히 깨달아 문도들을 보내고 오랫동안 참선. 46세에 역옥에 잘못 걸렸으나 무죄로 석방되어 이듬해 금강산에서 3년을 보냈다.

　　1592년 임진왜란이 일어나자, 스님은 승병을 모집하여 청허의 휘하에 나아가 활약하였고, 청허가 물러난 뒤로 승군을 통솔하여 명나라 장수와 함께 평양성을 탈환하였다. 이후로 여러 전공을 세웠다. 1604년에 국서를 받들고 일본에 가서 도쿠가와 이에야스와 담판하여 강화를 맺고 포로로 갔던 사람 3,500명을 찾아 환국했다. 광해군 2년 8월 26일에 입적하였다. 나이는 67세, 법랍 55세. 시호는 '자통홍제존자(慈通弘濟尊者)'이다. 저서로는 『분충서난록(奮忠紓難錄)』과 『사명집(四溟集)』 등이 있다.

매화와 대나무 병풍에 제하여

제자(帝子)는 창오(蒼梧)의 눈물이요
고산(孤山)은 처사(處士)의 넋이라.

천 년을 밝은 달이 있어
오늘도 황혼을 비춘다.

題梅竹屛風

帝子[1]蒼梧淚, 孤山處士[2]魂.
千年有明月, 今日照黃昏.

1　제자(帝子): 요임금의 딸이자 순임금의 아내였던 아황(娥皇)과 여영(女英)을 말
　함. 순임금이 남방에 순행하다 창오산에서 죽자 아내였던 아황과 여영이 소상강
　에 몸을 던져 죽었다. 이 때 두 여인의 눈물이 강가 대숲에 떨어져서 반죽(斑竹)이
　되었다고 한다.
2　고산처사(孤山處士): 송나라 은사였던 임화정(林和靖)이 서호(西糊)의 고산(孤
　山)에 숨어살면서 매화를 키웠다는 데서 유래한 말.

기축년 횡액으로 반역 감옥에서

아미산 정상의 사슴이
포박되어 군문에 끌려갔다.

그물을 풀고 방면되어 돌아가는데
천 산의 만 그루 나무에 구름이로다.

己丑橫厄逆獄[3]

峨嵋山頂鹿[4], 擒下就轅門.
解網放還去, 千山萬樹雲.

부벽루에서 이한림의 운을 사용하여

망한 나라는 기러기처럼 떠나가고
기린굴은 가을 풀에 묻혀있다.

긴 강은 만고를 흐르는데
한 조각 외로운 배를 달이 비춘다.

浮碧樓用李翰林韻

亡國去如鴻, 麒麟秋草沒.
長江萬古流, 一片孤舟月.

---

3 선조 기축년(1589) 정여립 모반 사건에 연루되었다는 혐의로 오대산에서 강릉의
　　관가로 잡혀갔다가 풀려난 일.
4 록(鹿): 사슴, 여기서는 대사 자신을 지칭하는 말.

남원영에서

푸른 기름을 먹인 장막의 밤은 처량한데
조두는 소리 없고 달은 지려 한다.

장한 뜻을 펴지 못하고 한 해가 저무는데
손에 큰 칼 잡은 채 귀뚜라미 소리를 듣는다.

在南原營

碧油幢幕夜淒淒, 刁斗[5]無聲月欲低.
壯志未酬驚歲晏, 手持雄劒聽莎鷄[6].

함양을 지나며

눈에 드는 옛 산천은 어제와 같은데
우거진 풀 차가운 안개 속에 집은 보이지 않네.

서리 내린 성 아래 길에 말을 세우고 섰나니
언 구름 죽은 나무에 까마귀가 울고 있다.

過咸陽

眼中如昨舊山河, 蔓草寒煙不見家.
立馬早霜城下路, 凍雲枯木有啼鴉.

---

5   조두(刁斗): 군영에서 쓰는 기구. 낮에는 밥을 지어먹고 밤에는 두드려 소리를
    내어서 경계함.
6   사계(莎鷄): 귀뚜라미.

북망산을 지나며

태화산 앞의 많고 적은 무덤들은
낙양성 안의 예와 지금 사람들이구나.

가련타, 장생술을 배우지 않고
아득히 텅 빈 성안 소나무 아래 티끌이 되었구나.

過北邙山

太華山前多少塚, 洛陽城裏古今人.
可憐不學長生術, 杳杳空城松下塵.

서도를 지나며

지는 달 외로운 구름, 남쪽 나라 아득한데
나그네는 시름에 젖어 홀로 망향대에 오른다.

가을바람 누른 잎에 돌아가지 못하고
텅 빈 여관에서 한밤중에 차가운 빗소리 듣는다.

過西都[7]

落月孤雲渺南國, 羈愁獨上望鄉垆.
秋風黃葉不歸去, 空館夜聞寒雨來.

---

7   서도(西都): 평양을 말함.

진헐대

젖은 구름 모두 흩어지니 산이 씻은 듯
백옥같은 연꽃 모양의 천만 봉우리이네.

홀로 앉아 있노라니 깃털 날개 돋은 듯하고
만 리 하늘 서늘한 바람을 부여잡은 듯하다.

眞歇臺

濕雲散盡山如沐, 白玉芙蓉[8]千萬峯.
獨坐翻疑生羽翼, 扶搖萬里御冷風.

만폭동

여기가 인간 세상의 백옥경인가
신선이 모여사는 중향성이라네.

날아 흐르는 만폭은 천봉의 눈발로
길게 읊는 한 소리에 천지가 놀란다.

萬瀑洞

此是人間白玉京[9], 琉璃洞府[10]衆香城.
飛流萬瀑千峰雪, 長嘯一聽天地驚.

---

8 백옥부용(白玉芙蓉): 백옥같은 연꽃.
9 백옥경(白玉京): 옥황상제가 산다는 천상의 서울.
10 유리동부(琉璃洞府): 신선들이 산다는 깊은 골짜기.

반야사에서 묵으며

옛 절은 가을이 맑아 단풍잎이 많고
달이 푸른 벽을 비추자 잠자던 까마귀 흩어진다.

안개 걷힌 호수는 비단처럼 맑은데
한밤중의 찬 종소리는 옥 물결이 떨어진다.

宿般若寺

古寺秋晴黃葉多，月臨靑壁散栖鴉.
澄湖烟盡淨如練，夜半寒鐘落玉波.

고향에 돌아와서

열다섯에 집을 떠나 서른에 돌아오니
긴 시내는 옛날처럼 물이 서쪽에서 흘러온다.

감나무 다리 동쪽 언덕에 천 가지 버들은
절반 이상은 산승 떠난 후 심은 것이구나.

歸鄕

十五離家三十回，長川依舊水西來.
柿橋東岸千條柳，强半[11]山僧去後栽.

---

11 강반(强半)：절반 이상.

용천관에서 밤중에 귀뚜라미 소리를 듣고서

동서로 떠도느라 몸이 고달픈데
돌아보니 모든 일에 후회뿐이다.

거울 속의 귀밑머리는 백설이 부끄러운데
이제 다시 역 누대에서 귀뚜라미 소리 들려온다.

龍泉館夜聽秋蟲

東飄西轉疲形骸[12], 萬事回看只噬臍[13].
鏡裏鬢絲羞白雪, 驛樓今又聽莎鷄.

신라의 옛 여관에서 밤중에 앉아서

깊은 가을 가물거리는 촛불, 그림 병풍은 차갑고
밤빛은 쓸쓸한데 반딧불이가 날아간다.

귀밑머리에 흐르는 세월 속절없이 늙었으니
이 인생이란 참으로 우습고도 슬픈 것이로구나.

新羅故館夜坐

秋深殘燭畫屛冷, 夜色寥寥螢火飛.
鬢上流年空老大, 此生堪笑又堪悲.

---

12 형해(形骸): 몸과 뼈. 몸을 말함.
13 서제(噬臍): 배꼽을 물어뜯으려 해도 입이 닿지 않는다는 뜻으로 후회해도 이미
    늦었다는 것을 비유한 말.

회포를 적으며

요즈음 병이 많아 쇠약한 몸이 한스럽고
친한 벗들도 시들어서 절반이 이미 사라졌다.

홀로 구름과 소나무, 사슴을 벗하여
저문 한 해에 첩첩산중과 짝을 삼아 늙어간다.

寫懷

邇來多病歎龍鍾[14], 親友凋零半已空.
獨有雲松與麋鹿, 暮年相件老重峰.

승병을 거느리고 상원을 건너면서

시월에 의로운 병사들이 상남(湘南)을 건너니
뿔피리 소리와 깃발이 강성(江城)을 진동한다.

칼집 속 보검이 한밤에 울부짖나니
원컨대, 저 요사를 베어 임금 은혜 보답하리라.

壬辰十月領義僧渡祥原[15]

十月湘南渡義兵, 角聲旗影動江城.
匣中寶劍中宵吼, 願斬妖邪[16]報星明.

---

14 용종(龍鍾): 늙고 병든 모양.
15 상원(祥原): 평양에서 100여 리에 있는 평안도 중화군에 있는 지역.
16 요사(妖邪): 요망하고 간사함. 왜놈을 말함.

선죽교를 지나며

산천은 예나 다름없는데 나라는 변했고
〈옥수가〉는 그친 지 얼마나 되었는가.

해 지는 옛 성의 봄풀 속에는
이제는 오직 정공비만 서 있구나.

過善竹橋

山川如昨市朝移, 玉樹歌[17]殘問幾時.
落日古城春草裏, 祗今惟有鄭公碑[18].

단양으로 가는 도중에 말이 죽어서

모골이 뛰어나고 신력이 따로 있어
대완의 뛰어난 준마가 너의 전신일지니.

오늘 아침 단양 땅에 너를 묻으니
목숙의 시든 꽃이 홀로 봄을 보내누나.

己亥冬丹陽塗中斃戰馬

毛骨超群迥有神, 大宛[19]龍種[20]是前身.
今朝埋却丹陽土, 苜蓿[21]殘花自送春.

한상사에게 드리며

그리운 사람이 복성 동쪽에 있으니
꿈속에 함께 노닐다 깨어보니 아니어라.

홀로 등잔 옆에 쓸쓸히 앉아 있노라니
소쩍새 우는 소리 빗속에서 들려온다.

奉韓上舍

相思人在福城東, 夢裏同遊覺後空.
獨坐寂寥燈影畔, 子規謠聽雨聲中.

---

19 대완(大宛): 서역의 나라 이름임. 좋은 말이 많이 나오기로 유명함.
20 용종(龍種): 뛰어나게 좋은 말.
21 목숙(苜蓿): 거여목. 두해살이 풀의 일종임.

임금이 서쪽으로 몽진했다는 소식을 듣고 통곡하며

임금이 서쪽으로 가서 대궐이 비었고
문무 의관들은 길 가운데 서 있다.

해 저무는데 요동 구름이 어느 곳인가
풀 옷 입은 중이 머리 돌리니 눈물만 하염없다.

聞龍旌[22]西指[23]痛哭而作

龍旌西指禁城[24]空, 文武衣冠道路中.
日暮遼雲是何處, 草衣回首淚無窮.

허생에게

남의 장단점을 말하지 말라
무익해서 아니라 재앙을 부른다네.

입단속을 병마개 닫듯 하면
이것이 몸을 지키는 최고 방법이라네.

贈許生

休說人之短與長, 非徒無益又招殃.
若能守口如瓶去, 此是安身第一方.

22　용정(龍旌): 용 그림에 방울을 단 임금의 깃발.
23　서지(西指): 여기서는 임진왜란으로 선조대왕이 의주에까지 몽진한 것을 말함.
24　금성(禁城): 궁성. 대궐.

성수재에게

날씨가 차가운 세밑의 산골짝 마을
퇴락한 울타리 쓸쓸히 대 사립 닫혔다.

북창에 높이 누워 한가로이 꿈에서 깨어서
바람과 눈이 황혼을 어질러도 난 모르겠네.

贈成秀才

天寒歲暮峽中村，籬落蕭蕭掩竹門.
高臥北窓閑夢破，任他風雪亂黃昏.

잡혀서 강릉에 오면서

한 번 산수에 들어 여러 세월 지났는데
지금이 무슨 해인지 알 수 없구나.

중이 와서 권선문을 청해 써 갔는데
이 사람에게 이런 인연 있을 줄을 누가 알았으리.

擒下江陵

一入烟霞[25]多歲月，不知今歲是何年.
僧來請寫勸文去，誰料人間有異緣.

---

25 연하(烟霞): 연기와 노을. 산수.

회문시로 기수재에게 주면서

1

구름은 기러기를 따라가고 중은 학을 따르며
지는 해에 원숭이 우는 끊어진 골짝은 깊다.

구름과 물은 산에 가득하고 푸른 노을 일고 있는데
먼 냇가 차가운 건널목에 저녁 물이 깊어라.

2

구름이 골 바위에서 피어나고 이끼는 물속에 깊은데
이슬이 찬 소나무 적시니 푸르름이 깊어라.

구름이 한 지팡이를 두르니 외로운 나그네 멀어지고
저물녘 성에서는 호각 소리 화루에 깊어진다.

回文[26]贈奇秀才

(一)

雲隨雁去僧隨鶴, 落日啼猿斷壑深.
雲水滿山靑靄靄, 遠川寒渡暮流深.

(二)

雲生洞石苔深水, 露濕寒松翠微深.
雲帶一節孤客遠, 暮城殘角畫樓[27]深.

---

26 회문(回文): 한시체의 일종. 바로 읽어도 거꾸로 읽어도 뜻이 통하고 형식에 맞는
    형식의 한시.
27 화루(畫樓): 화려하게 채색한 누각.

복주 서원사에서

앞 왕조 성 밖의 절이
허물어져서 강가에 서 있고

옛 우물가엔 가을 풀이 우거졌고
빈 들보엔 새벽 까마귀 흩어진다.

천년을 이어온 향불이 끊어지고
오늘 저녁엔 물과 구름만 많으니

지나가는 나그네 홀로 슬퍼하는데
어지러운 산에는 저녁놀이 어른거린다.

福州西原寺

前朝郭外寺, 零落對長河.
古井生秋草, 空樑散曙鴉.
千年香火盡, 今夕水雲多.
遊子獨怊悵[28], 亂山生暝霞.

---

28 초창(怊悵): 슬퍼하는 모양.

부벽루 이한림의 운을 따라서

천손은 어느 곳으로 떠나갔고
물결만 옛 성 누대를 뒤흔든다.

날이 저물며 짙은 구름은 흩어지는데
달이 밝자 붉은 나무의 가을이다.

인간 세상에 바람과 비는 급한데
천상에는 봉황이 노닐고 있다.

〈후정화〉 한 곡조가 끝나는데
천년 강물은 유유히 흐른다.

浮碧樓 次李翰林韻

天孫何處去, 波撼故城樓.
日暮碧雲散, 月明紅樹秋.
人間風雨急, 天上鳳凰游.
一関[29]後庭曲[30], 千年江水流.

---

29 일결(一関): 음악 한 곡이 끝나는 것.
30 후정화(後庭花): 곡조명.

진천을 지나며

중양절에 옛 역에서 검을 안고 슬퍼하는데
병든 이 몸에게 오로지 달만 뒤따른다.

형봉에서 토란 굽는 것이 진정한 나의 소원인데
벼슬에 살찐 말이 어찌 나의 본분이랴.

장해 십 년에 부질없이 멀리서 수자리 하다가
언제 향성으로 돌아갈 기약이 정해질지.

맑은 하늘에 외기러기는 강동이 멀기만 한데
가물거리는 등불 앞에서 헤진 옷을 챙겨본다.

過震川

古驛重陽[31]抱劒悲, 病身唯有月相隨.
衡峰燒芋[32]眞吾願, 官路乘肥豈我宜.
瘴海[33]十年空遠戍, 香城[34]何日定歸期.
天淸一雁江東遠, 明滅燈前攬弊依.

---

31 중양(重陽): 음력 9월 9일을 말함.

32 형봉소우(衡峰燒芋): 당나라 이필(李泌)이 형산에서 공부하면서 나잔(懶殘)이
    란 중을 찾아갔는데, 그는 토란을 구워먹다가 이필더러 구운 토란을 건네주면서
    군소리 말고 10년 동안 재상이나 하라고 내뱉은 말에서 유래한 고사임.

33 장해(瘴海): 풍토병이 있는 바닷가. 여기서는 임진왜란 때 사명대사가 승병을
    거느렸던 남해안을 말함.

34 향성(香城): 묘향산을 말함.

삼가 받들어 서울의 재상들에게 바다를 건너기를 청하는 시

여러 해를 잘못하여 남은 인생을 비웃으면서
몇 달을 중 옷을 입고 서울에 머물렀다.

근심과 병으로 똑같이 젊음을 보낸 한스러움이고
노래와 시의 절반은 산을 추억하는 정감이라.

부질없이 술잔 띄워 바다를 건너려고 말하고
지팡이 날려서 잘못 말한 병사 이야기가 부끄럽다.

나라 위하는 크고 작은 일들이 노인들에게 달렸으니
원컨대, 주옥같은 시를 얻어 동쪽 걸음을 받들고자 한다.

謹奉洛中諸大宰乞渡海詩

年來做錯[35]笑餘生, 數月荷衣滯洛城.
愁病平分[36]送春恨, 歌吟半惱憶山情.
浮杯[37]漫道堪乘海, 飛錫[38]初羞誤說兵.
爲國重輕諸老在, 願承珠唾[39]憤東行.

---

35 주착(做錯) : 잘못인 줄 알면서도 저지른 허물.

36 평분(平分) : 공평하게 나눔.

37 부배(浮杯) : 중국 남조대의 배도(杯渡)라는 스님이 술잔을 띄워서 그것을 타고
   바다를 건넜다는 고사에서 유래한 말. 부배승해(浮杯乘海).

38 비석(飛錫) : 석(錫)은 중의 지팡이를 뜻함. 석장은 지팡이를 짚고 떠돌아다니는
   것을 말함.

39 주타(珠唾) : 아름다운 글귀나 유명한 말을 뜻함.

송도를 지나며

봄은 깊어 나그네 옛 도읍지를 지나는데
지는 해가 아득하여 생각이 끝이 없다.

옥수 노래 그쳤는데 궁터의 풀은 푸르고
임금 무덤은 향불이 끊겼는데 해당화는 붉구나.

봉황이 북으로 떠났으나 구산은 멀고
용호가 동으로 돌아가니 성곽은 텅 비었다.

고금의 번화함이 아이들의 장난거리라
금천교 아래에 오동나무가 늙었구나.

過松都

春深客過故都中, 落日悠悠思不窮.
玉樹歌[40]殘宮草綠, 寢園[41]香滅野棠紅.
鳳凰北去緱山[42]遠, 龍虎東歸[43]城郭空.
古今繁華是兒戲, 錦川橋不老梧桐.

---

40 옥수가(玉樹歌) : 악곡의 일종.
41 침원(寢園) : 임금의 무덤.
42 구산(緱山) : 원나라의 옛 수도로서 고려왕이 원나라로 잡혀가 인질로 묶여 있는
    것을 말함.
43 용호동귀(龍虎東歸) : 한양으로 도읍을 옮겼다는 것을 의미함.

호사에서 옛 친구와 헤어지며

새벽에 친구와 광릉사에서 헤어지고
저녁에는 용진강의 모랫가에서 자다.

풍경소리는 멀리 절로부터 들려오고
돛배는 달에 비치어 시내에 많다.

꿈은 벗을 찾아 호수 언덕에 오르고
바람은 맑은 물을 흩어서 밤물결을 이룬다.

소쩍새 소리 그치자, 날이 새려하고
긴 둑에 서서 돌아가는 까마귀를 바라본다.

湖寺別古人

平明先別廣陵寺, 暮宿龍津江上沙.
僧磬遠從蓮宇[44]落, 客帆偏映月溪多.
夢尋親友登湖岸, 風散淸流作夜波.
啼盡子規天欲曙, 長堤立望數歸鴉.

----

44 연우(蓮宇): 절.

죽도에서 어떤 늙은 유생의 조롱에 답하면서

서주에서 임씨 가문의 후예로 태어나
집안이 영락하여 몸 둘 곳 없었다오.

태어나서 자랄 곳이 없어 성세를 도망쳤고
어리석고 못난 생각으로 구름 소나무에 누웠다오.

산하에 가고 멈추는 것은 일곱 근 누더기며
우주의 편안과 위태로움은 세 자 지팡이라오.

이것이야말로 우리 불가의 본분이니
무슨 마귀의 장애 있어서 동서로 달릴까.

在竹島有一儒老譏山僧不得停息以拙謝之

西州受命任家裔, 庭戶堆零苟不容.
無賴生成逃聖世, 有懷愚拙臥雲松.
山河去住七斤納, 宇宙安危三尺節.
是我空門[45]本分事, 有何魔障走西東.

---

45 공문(空門): 불교를 말함. 불교는 공(空) 사상으로써 그 전체를 꿰뚫은 근본 뜻을
   삼는 것이므로 공문이라 한다.

대마도 객관에서 치통으로 신음하면서

쓸쓸한 객관에서 어금니가 아파
앉아서 지난 일을 헤아리니 좋은 일은 하나도 없네.

머리를 깎고 중이 되었건만 언제나 길 위에 있었고
수염 길러 세상을 본받아도 또한 집이 없었다.

연하 사업은 설어서 읽기 어려웠고
본성 공부는 채찍질을 더 하지 못했네.

나아가고 물러가는 두 길이 모두 뒤섞였으니
흰머리에 무슨 일로 또다시 배를 타는가.

在馬島客館左車第二牙無故酸痛伏針呻吟

病局賓館痛生牙, 坐筭平生百不嘉.
剃髮作僧長在路, 留鬚效世且無家.
烟霞事業[46]生難熟, 存省工夫[47]策未加.
進退兩途俱錯了, 白頭何事又乘槎.

---

46 연하사업(烟霞事業): 연하는 연기와 노을이니, 자연을 의미함.
47 존성공부(存省工夫): 본성을 잃지 않고 늘 자신을 살펴 수행하는 것.

선소의 운을 따라

1
황벽 노인은 천둥 벼락을 울렸고
백념 임삼은 바람 구름을 일으켰다.

진실로 불법을 아는 자 많지 않은데
8량도 원래는 반 근에 불과하다.

2
저자에 대은이 있다고 일찍이 들었으니
노사의 방장이 바로 의연하네.

차를 넣으며 나에게 종문의 구절을 보이니
서쪽에서 온 격외선임을 알겠노라.

次仙巢韻 二首

（一）
黃蘗老人[48]轟霹靂, 白拈臨滲[49]捲風雲.
固知佛法無多子, 八兩元來是半斤.

（二）
城市曾聞大隱[50]在, 老師方丈正依然.

---

48 황벽노인(黃蘗老人): 중국 당나라 스님(?~850)인 황벽희운(黃蘗希運)을 말함.
   남악의 문하로서 강서성 백장사의 백장 회해의 제자가 되어 황벽산에서 문풍을
   크게 일으켰다.
49 백념임삼(白拈臨滲): 당나라 스님인 임제의현(臨濟義玄)을 말함. 황벽희운의 제

點茶示我宗門句, 知是西來格外禪[51].

　　자로서 나중에 임제종을 열었음.

50　대은(大隱): 소은(小隱)은 산림에 숨고, 대은(大隱)은 저자에 숨는다고 함.

51　격외선(格外禪): 격은 격식이나 규격. 격외는 규격 밖, 규격을 초월한다는 뜻이니
　　말이나 문자로 의논할 수 있는 이치를 초월한 선법을 말한다. 달마가 전한 최상승
　　선이다.

대마도에서 숙소 뜰에 국화가 활짝 핀 것을 보고서

1

우수수 낙엽들이 물가에 떨어지니
하늘 끝 구름 돌아가는 바다 북쪽은 가을이네.

중양절이 지나도 돌아가지 못하고
국화는 부질없이 멀리 떠나온 나그네 시름을 자아내네.

2

나그네 마음의 실마리는 삼처럼 얽히고
지는 해에 부질없이 북으로 가는 까마귀 바라본다.

산승에게 돌아보는 마음이 없다고 누가 말하는가
꿈속에 혼백은 자주 한강을 건너가는데.

3

비단 병풍에 꿈을 깨니 아직 한밤중인데
구름 걷혀 하늘이 개이고 푸른 바다가 끝이 없네.

문 닫으니 벌레 울고 새벽달 새려 하는데
옷을 부쳐올 곳도 없는데 맑은 서리만 내리네.

在馬島館庭菊大發感懷

(一)

蕭蕭落葉下汀洲, 天末歸雲海北秋.
節過重陽不歸去, 黃花空遣遠人愁.

(二)

旅遊心緒亂如麻, 落日空瞻北去鴉.
誰道山僧無顧念, 夢魂頻度漢江波.

(三)

錦屛回夢夜蒼蒼, 雲盡天晴碧海長.
門掩候蟲殘月曙, 寄衣無處有淸霜.

도쿠가와 이에야스의 큰아들이 거듭 선학에 대해서 묻기에

하나의 큰 하늘은 한량이 없으니
적지는 냄새도 소리도 없다오.

지금 설법 듣고 무슨 번거로운 질문을 하는가
구름은 푸른 하늘에 있고 물은 병 속에 있는데.

家康長子 有意禪學 求語再勤仍示之
一太空間無盡藏[52], 寂知[53]無臭又無聲.
只今聽說何煩問, 雲在靑天水在瓶[54].

---

52 무진장(無盡藏): 덕이 광대하여 한량이 없음을 무진(無盡)이라 하고, 무진한 덕을 간직하고 있음을 무진장(無盡藏)이라고 함.

53 적지(寂知): 적(寂)하면서 앎. 중생이 본래부터 가지고 있는 적지를 본체로 삼는다는 것을 말함.

54 운재청천수재병(雲在靑天水在瓶): 당나라 약산(若山)선사와 그의 제자 이고(李翶) 사이에서 나온 말임. 제자의 도(道)에 대한 질문에 선사가 대답한 '달은 푸른 하늘에 있고, 물은 병속에 있다.'라는 진실한 모습, 즉 거짓 없는 진실 그대로가 도라는 것을 말함.

밤중에 배에 앉아서

1

길은 남도를 지나서 관동으로 내려가니
하늘과 물이 맞닿아 허공처럼 아득하네.

홀로 선창가에 기대어 잠 못 이루고
가련하게도 외로운 그림자는 밝은 달 속에 있다.

2

서리 내린 뒤, 배에선 옥피리 소리 들리는데
달 밝은 푸른 바다에 사람 그리움 아득하다.

한양은 여기서 천 리 길인데
하룻밤 돌아갈 마음에 흰머리 솟아오르네.

舟中夜坐

(一)

路經嵐島下關東, 天水相連渺若空.
獨倚艙頭無夢寐, 可憐孤影月明中.

(二)

霜後舟中聽玉笙, 月明滄海遠人情.
漢陽此去千餘里, 一夜歸心白髮生.

본법사에서 섣달 그믐날에

사해에 떠도는 송운의 늙은이
행장이 뜻과는 어긋났다.

한 해도 오늘 밤이면 그만인데
만 리 길 언제나 돌아갈꼬.

옷은 오랑캐 땅 비에 젖고
시름은 오래된 절 사립문에 닫혔다.

향불 피우고 홀로 앉아 잠 못 드는데
새벽 눈은 다시금 부슬부슬 내린다.

在本法寺除夜

四海頌雲老, 行裝與志違.

一年今夜盡, 萬里幾時歸.

衣濕蠻河雨, 愁關古寺扉.

焚香坐不寐, 曉雪又霏霏.

송원종 장로 스님께

이 물건은 무엇인가?
본래 소리도 냄새도 없으니 어찌 생각할 수 있으리.

그댈 위해 애오라지 한 가닥 길 통하나니
들어가는 곳 얻으면 주저하고 의심치 말라.

털끝의 차이로 천리가 틀어지는 법이니
한 생각 기틀을 바꾸면 모든 게 여기 있도다.

보아오고 보아 가는 법 잡을 수 없으니
어찌 붓을 들어 그리려 하는가.

그대는 보지 못했는가,
세거리 마을에서 '형, 형' 하며 예를 차리고
시끄러운 저자에서 '아버지, 아버지'하면서 아는 것을.

또 보지 못하였는가,
굶주리면 밥 생각하고 갈증 나면 물 생각하여
앉으나 누우나 움직이나 고요하나 언제나 뒤따르는 것을.

고래가 성내어 바닷물을 모두 마셔버리면
밝은 달 아래 산호 가지 드러난다네.

종문의 옛 곡조는 어떻게 부르는가.
돌 아이는 한밤중에 옥피리 잡고 불리라.

贈松源宗長老僧

這一物甚麼樣, 本無聲臭那容思.

爲君聊通一線路, 得箇入處莫遲疑.

毫釐有差謬千里, 一念回機卽在玆.

看來看法沒巴鼻, 肯用中書描畫伊.

君不見, 三街村裏兄兄禮, 鬧市廛頭父父知.

又不見, 飢來思飯渴思飮, 坐臥動靜常相隨.

鯨怒飮乾滄海水, 月明露出珊瑚枝.

宗門古調作麼唱, 石子中宵捻玉吹.

본법사에서 밤에 앉아

여관은 쓸쓸하여 비단 병풍을 둘렀는데
깊은 밤 가부좌 트니 정신이 또렷하다.

푸른 하늘 구름 걷히고 은하수 차가운데
희미한 달은 서쪽으로 잠기고 새벽이 가까워지네.

本法寺夜坐

旅館廖廖繞錦屛, 夜深趺坐獨惺惺.
靑空雲盡天河冷, 微月西沉欲五更.

송원종 장로 스님에게

무성한 만물은 본래 감정이 없는데
물건은 어찌 우리 이름으로 불리는가.

물건을 보면 단지 아름답고 추한 것을 볼 뿐이니
붉은빛 자줏빛으로 복숭아 살구 할 것이 있으리.

**正月十二日雨雪 松源宗長老釋 折繁花一枝 使仙巢來示曰 此花之名
未知詳也 以鄙意稱之紅雨桃紅雪櫻 是意如何 願聞印可也 余以一絶
示之**[55]

芸芸萬物本無情, 物豈稱吾某姓名.

觀物只應觀美惡, 肯將紅紫定桃櫻.

---

55 본래 시제는 '정월 십이일 눈비가 내리는데, 송원종 장로 스님이 꽃가지 하나를
   꺾어 선소를 통해 보내오며 말하기를, "이 꽃의 이름을 상세히 알지 못하나, 내
   생각으로는 홍우로 혹은 홍설앵이라 부르고자 하는데, 어떠십니까? 인가를 받고
   싶습니다."라고 하였다. 이에 내가 절구 한 수로 답하였다'의 뜻임.

백운사

1

골짜기에 봄날이 오니 새 울음만 들리고
푸른 구름 사이 희미한 길은 봉우리 서쪽으로 어지럽다.

스님은 쇠지팡이 끌고서 어디로 향하는가
한 시내 다리 건너니 또 한 시내가 있네.

2

외로운 배 나그네가 산성을 가리키니
곤의 바다와 고래의 파도처럼 갈 길이 아득하다.

별 생각 없이 밝은 달 아래 홀로 기대서니
오천 리 바깥 북녘으로 돌아가는 마음이라오.

白雲寺

（一）

洞裏春晴唯鳥啼，碧雲微逕亂峯西.
一僧何處携金笏，渡一溪橋又一溪.

（二）

孤舟行李指山城，鯤海鯨波渺去程.
獨倚月明無別意，五千里外北歸情.

일본 원이교사에게 주다

집으로 돌아가는 길 지체하여 머물지 말고
곧바로 위음까지 꿰뚫고 쉬게나.

물건을 감식할 땐 차고 빈 것에 머물지 마라.
회기 적조에는 유래가 있는 법이니.

정수리에 눈이 있는 것은 천주와 같고
팔꿈치에 부적을 매다니 제후와 같네.

떠있는 세상에 중생 구제하느라 환해에서 노닐었고
바닥없는 배를 타고 물결에 내맡겼다네.

贈日本圓耳教師
歸家活路莫遲留, 直透威音那畔休.
鑑物沖虛無所住, 回機寂照有來由.
頂門具眼如天主, 肘後懸符似國候.
浮世度生遊幻海, 駕船無底任波頭.

달마후품

부처님 백호가 광채를 거둔 지 오래되었고
말세의 완악하고 어리석음은 다스릴 수 없도다.

다비의 후품은 펼쳐 설명하기 어렵네만
울기를 다하니 이 몸은 흰 눈 같은 눈썹이네.

達磨後品

玉毫[56]收彩已多時，俶世頑愚未可治.
茶毘[57]後品難陳說，泣盡松雲白雪眉.

56　옥호(玉毫): 부처님의 양 미간에 있는 흰 털.

57　다비(茶毘): 소신(燒身)·분시(焚屍)·화장(火葬)이라 번역한다. 일반적으로 승
　　려의 장례 의식을 말한다.

달마가 금릉에 이르러

가난한 집 무딘 도끼 어렵게 얻어서
가슴에 품고 부자인 양 과시하며 금릉에 이르렀다.

스스로 부끄러운 것은 곤륜 저자에 팔지 못한 것이니
갈대 하나 타고서 서쪽으로 시월 얼음을 건넜다네.

達磨到金陵

艱得貧家鈯斧子，有懷誇富到金陵[58].
自慚不售崑崙市，一葦西杭十月氷.

형상에 머물러 방편에 응하다

중생 제도하는 비결을 잊지 못하여
마른 형상에 머물러서 온갖 방편 응한다.

범과 용에게 항복 받는 것이 장하다지만
문득 황벽을 만나면 도리어 당황하리라.

留形應方

度生遺訣未嘗忘，留得枯形應萬方.
伏虎降龍雖活榮，適逢黃蘗却蒼黃.

---

58 금릉(金陵): 지명. 양 무제가 살았던 궁궐이 있는 곳. 여기에서 달마가 양무제를
   처음 만났다.

원길의 운을 따라서

모이고 흩어짐은 모다 숙세 인연을 따름이니
바다 동쪽에 이렇게 자리 함께할 줄 알았으랴.

봄 정자에 신선의 차를 끓여내어 마시니
푸른 풀 연기 같은 꽃이 눈앞에 가득하다.

次元佶韻

聚散皆因宿有緣, 海東那料此同筵.
春亭烹進仙茶飮, 靑草烟花滿眼前.

숙노의 운을 따라서

붉은 살덩어리 앞에 면목이 없는데
누가 냄새나는 뼈를 가죽에 싸려는가.

보아도 이미 집착할 것이 아닌데
하물며 그자로 그것을 본떠 그리려 하나.

성난 고래, 푸른 바닷물을 모두 마시니
밝은 달 아래 산호 가지 드러나도다.

몸을 뒤집어 곧바로 노인검 잡으니
삼세의 부처를 누가 감히 엿보는가.

次宿蘆韻

赤肉團前無面目, 誰將臭骨裹閑皮.
看來已是不着忍, 況用中書描畫伊.
鯨怒飮乾滄海水, 月明露出珊瑚枝.
翻身直把露刃劒, 三世佛祖誰敢窺.

화첩에 쓰다

흰 눈 내리니 멀리 하늘이 저물고
차가운 구름 고목에 서렸네.

푸른 나귀타고 홀로 돌아가는 나그네
도롱이 삿갓은 어떤 늙은이인가.

푸른 바다에 안개 낀 파도는 먼데
조각배 돛대 그림자 더디어라.

천 그루 나무 속 절은 깊은데
석양 무렵에 중이 지나간다.

題畵帖

白雪遙天暮, 寒雲古木中.
靑驪獨歸客, 蓑笠是誰翁.
碧海烟波遠, 扁舟帆影遲.
寺深千樹裏, 僧過夕陽時.

청매 인오
靑梅 印悟

[1548~1623]

조선 중기의 스님. 자는 묵계(默契), 호는 청매(靑梅)이다. 어려서 출가하여 유정(惟政)과 함께 휴정의 문하에서 선지(禪旨)를 전해 받고 그의 제자가 되었다. 31세에 묘향산에서 휴정과 함께 수도하던 중 임진왜란이 일어나자, 휴정의 뜻에 따라 의승장(義僧將)이 되어 승병을 거느리고 3년 동안 왜적과 싸워 크게 공을 세웠다.

그 뒤 전국을 행각수도(行脚修道)하였으며, 말년에 부안의 변산 아차봉(丫嵯峯) 기슭에 월명암(月明庵)을 짓고 수도하다가 지리산 연곡사로 들어갔다. 1617년(광해군 9)에는 왕명을 받아 정심(正心)·지엄(智嚴)·영관(靈觀)·휴정·선수(善修) 등 5대 종사의 영정을 그려 조사당에 모시고 제문을 지어 봉사하였다.

76세로 입적하자 제자들이 천왕봉(天王峯) 밑에 영당(影堂)을 짓고 영정을 봉안하였다. 그는 청매파(靑梅派)를 개설하여 조선 중기 이후의 선종(禪宗) 발전에 크게 이바지하였으며, 법을 이은 제자로는 쌍운(雙運)이 있다. 저서로는 『청매집』 2권이 있다.

가을빛

나고 소멸하는 것은 실상이 아니요
실상이 나고 없어지는 것이라네.

봄이 가고서 가을인 것이 아니라
푸른 잎에 붉은색을 물들인 것이다.

秋色

生滅非實相[1], 實相是生滅.
非春去又秋, 靑葉染紅色.

길을 가다가

밝은 달 아래 길을 가는 밤중에
나그네가 노란 꽃이 핀 가을 속으로 걸어간다.

가을바람이 또한 자주 불면서
낙엽은 날려서 시냇가에 떨어진다.

途中

明月途中夜, 黃花客裏秋.
西風亦多事, 吹葉落溪頭.

---

1 실상(實相): 있는 그대로의 모양.

운흥관

여관에서 자다가 비로소 깨어나니
수많은 산에 낙엽이 널려있다.

옛 뜰에는 오늘 밤에 비가 내리니
돌아오는 사람이 없으리라 말하겠지.

雲興館

旅館睡初罷, 千山落葉頻.
古園今夜雨, 應話未歸人.

서쪽 누대에서 자면서

누대는 맑은 강 위에 있고
두 눈으로 푸른 물결을 굽어본다.

편안히 밝은 달 아래 누워있노라면
하늘과 땅 사이에는 넓고 좁음이 없구나.

宿西樓

樓在淸江上, 下瞰雙眼碧.
頹然臥月明, 天地無寬窄.

눈을 읊다

쓸쓸한 초가집에 눈을 쓸고서
대숲 새는 드디어 몇몇 가지에 남은 봄을 잃다.

으르렁대며 짖는 개소리가 베개 높이 들려오매
밤 깊은 남촌에 사람이 찾아왔음을 알겠다.

吟雪

茅屋蕭蕭洒玉塵[2], 竹禽初失數枝春.
狺狺犬吠來高枕, 知有南村夜到人.

봄날

도반은 강마을에 걸식하러 갔고
동자는 부엌에서 솔잎차를 끓이고 있네.

문을 나서다 봄이 이미 진 것을 보고 놀라니
바람이 도원을 치니 바야흐로 꽃이 지려하네.

春日

友也江村乞食去, 知廚童子煮松茶.
出門驚見春歸盡, 風打桃源[3]欲洛花.

2　옥진(玉塵): 눈(雪)의 딴 이름.
3　도원(桃源): 속세와는 동떨어진 이상향.

느낀 바 있어

팔월 서리 맞은 숲이 눈에 가득 붉은데
새벽녘 차가운 베개에는 흰머리가 올라온다.

서쪽 누대 위에 홀로 누워있노라니
호령 강산이 꿈 밖에 온통 가을이다.

有懷

八月霜林紅滿眼, 五更寒枕白生頭.
從今獨臥西樓上, 湖嶺江山^{4}夢外秋.

4　호령강산(湖嶺江山): 호수와 산고개, 강과 산. 자연을 말함.

불쌍한 까마귀

굶주린 까마귀가 나를 향해 우는데
내는 소리가 매우 거칠고 험하다.

나는 너에게 성을 내지 않는데
너는 나에게 왜 그런가.

만물의 이치가 하늘이 낳은 바인데
왜 반드시 흑백으로 분별하는가.

나는 생활이 어렵고 궁핍하여
너에게 음식을 못 주는 것이 한스럽다.

憐烏

飢烏向我啼, 音聲太麤惡.
我於爾無嗔, 爾於我何若.
物理天所生, 何須辨黑白.
唯我困且窮, 恨未與汝食.

혼자 사는 중을 조롱함

조계의 일생을 말한다면
혼자서 마음의 길을 곧게 나아갔다.

맑은 거울은 갈 필요가 없으니
보리는 누가 심을 수 있겠는가.

한밤에 의발을 지고서
십 년 동안 속세를 흘러 다녔는데

후대의 참선하는 사람들은
궁극에 이르기 위해 앉아서 졸고 있다.

嘲獨居僧

曹溪[5]一生說, 單單心路直.
明鏡不須磨, 菩提誰可植.
三更負鉢衣, 十年隨流俗.
後來參禪人, 坐睡爲臻極[6].

---

5 조계(曹溪): 중국 선종의 6조 스님인 혜능(慧能, 638~713). 5조 홍인(弘忍)으로
   부터 의발을 전수받았다.
6 진극(臻極): 궁극에 이름.

서산스님에게 드림

그 언젠가 봄날에 서산스님 문하에 들어서서
일찍이 지팡이를 티끌 세상에 들이지 않았다.

처마 사이 달빛이 높은 베개로 옮겨 가는데
학 날갯짓에 바람 일며 엷은 깔개가 말아진다.

추위와 더위를 깊이 수장하여 오가지 말고
풍작과 흉작을 모두 취하여 청빈함을 즐긴다.

향 사르고 발우 씻고 더 이상 할 일이 없으면
뜰 앞에 새로 나온 잣나무를 대하며 선정에 든다.

贈西山僧

一入西山第幾春, 孤節曾不下紅塵.
簷虛月運移高枕, 鶴羽風生捲薄茵.
寒暑深藏休往復, 豊荒取用樂淸貧.
焚香洗鉢無餘事, 禪對庭前栢樹[7]新.

---

7   정전백수(庭前栢樹): 중국의 조주(趙州, 778~897)선사와 관련된 공안. 어느 날
  조주스님에게 어떤 학승이 물었다. "달마대사가 서쪽에서 오신 까닭은 무엇입니
  까?(祖師西來意)" 그러자 조주선사가 말했다. "뜰 앞의 잣나무이다(庭前栢樹子)."

기암 법견
奇巖 法堅

[1552~1634]

조선 중기의 승려이다. 호는 기암(奇巖)으로 서산대사(西山大師)의
대표적인 제자 중 한 사람이다. 속성은 김씨이고, 전북 부안 출신이다.
청허 휴정(淸虛 休靜)의 제자로 승병 활동에 적극 참여하였다. 밀양 표충
사에 진영(眞影)이 있다.

스님은 1592년(선조 25) 임진왜란이 일어나자, 스승의 뜻을 받들어
승병을 모집하여 의승장(義僧將)으로 활약하였다. 1594년 입암산성(笠
巖山城)을 축조할 때 감독하였으며, 성이 완성되자 총섭(摠攝)이 되어
산성의 수호를 맡는 산성수장(山城守將)이 되었다. 그는 주로 지리산과
금강산에서 수도하였다. 지리산에 있을 때는 선을 가르치면서 학도들
을 가르쳤다.

스님은 해박하여 어떤 외전(外典)에도 통달하지 않음이 없었다. 또,
금강산에 머물렀을 때 많은 시를 남겼다. 기암스님의 시편에는 유학자
와 주고받은 것이 많다. 시에는 이명한(李明漢), 이식(李植), 조찬한(趙
纘韓) 등과 같은 당대 저명한 유자들과 교류한 작품들이 전한다.

83세의 나이로 입적하였다. 저서로는 문집인 『기암집』 3권 1책이
있고, 그것에 105편의 한시가 수록되어 있다.

금강산에 살면서

인생 절반을 산천 경치를 두루 좋아하다가
오늘 비로소 금강산 최고 절경을 보게 되다.

온갖 골짜기 맑은소리는 늙고 젊은 소나무이고
한쪽 창가의 차가운 그림자는 달빛이 들쭉날쭉하다.

새는 큰 나무로 옮겨 봄 잎에 둥지를 틀고
학은 마른 가지에 서서 한밤에 꿈을 꾼다.

경쇠는 숲 너머에서 새벽 시간을 전하노라니
아마도 방사가 천사에게 아침 문안드리는가 싶다.

居金剛山

半生偏愛林泉勝, 始見金剛最絶奇.
萬壑淸聲松老少, 一窓寒影月參差.
鳥遷喬木巢春葉, 鶴立枯査[1]夢夜校.
玉磬隔林傳曉漏, 想應方士[2]禮天師[3].

---

1 고사(枯査): 마른 나무의 잔가지나 껍질.
2 방사(方士): 신선의 술법을 닦는 사람.
3 천사(天師): 천자(天子)의 군대(軍隊). 황제(黃帝)의 스승인 양성(襄城) 지방
  (地方)의 동자(童子). 황제(黃帝)를 도와 의술(醫術)을 논(論)하고 의서(醫書)
  를 저술(著述)하였다는 이름난 의원. 여기서는 도교의 높은 교직.

또

금강산 그림자가 반쯤 허공에 어른거리고
나그네는 돌다리에 미끄러질지 미리 걱정한다.

절에 향기 나부끼니 바람은 계수나무를 꺾고
도원에 약초를 심으니 내리는 비가 새싹을 살찌운다.

굽혀서 바다 밑 보노라니 용이 접근을 꺼리고
높이 산봉우리 오르니 달이 그리 멀지 않다.

천상의 상제가 계시는 곳은 백옥이라 하지만
이 산도 그에 견주어 못지않다 하리라.

又

金剛影入半空搖, 遊客先愁滑石橋.
蕭寺飄香風拆桂, 桃源種藥雨肥苗.
俯臨海底龍猜近, 高步峯頭月不遙.
天上帝京雖白玉, 玆山方彼未曾饒.

비로봉에 올라서

가을바람에 튼튼한 다리로 비로봉에 오르니
구름 밖 푸른 하늘은 손으로 잡힐 듯하다.

흥취가 일어나니 하늘은 함께 멀어지고
이 몸 노니는 곳은 달도 같이 홀로 되다.

해 기우니 온갖 골짜기가 오히려 명멸하고
아지랑이가 일천 봉우리에 갈마들며 어른거린다.

온 세상을 내려다보노라니 마치 개미 두둑 같고
낙양 도성으로 차마 머리를 돌리지 못하겠노라.

登毗盧峯

秋風健脚上毗盧, 雲外青天手可模.
逸興發時天共遠, 此身遊處月同孤.
日斜萬壑猶明滅, 嵐嫩千峯遞[4]有無.
下視八荒如蟻垤[5], 不堪回首洛陽都.

4　체(遞) : 갈마들다.
5　의질(蟻垤) : 개밋둑. 개미가 땅속에 집을 짓기 위하여 파낸 흙가루가 땅 위에
　　두둑하게 쌓인 것.

오래된 동굴의 차가운 샘

아침에는 하얀 조각구름이 떠 있고
밤에는 밝은 달빛이 스며든다.

한 모금 차갑게 창자를 채우면
정신이 맑아지고 살과 뼈가 차가워진다.

古洞寒泉

朝浮雲片白, 夜浸月華明.
適口充腸冷, 神淸肌骨凉.

백천교

늦게 서늘한 숲 나무들은 서풍과 싸우고
단풍잎과 솔 끝 사이로 붉고 푸르다.

만폭동 날리는 샘물은 지는 햇살 울리는데
물소리는 비단 병풍 속에 더해지네.

百川橋

晩凉森木戰西風, 楓葉松梢間翠紅.
萬瀑飛泉鳴落照, 水聲添箇錦屏中.

초가을에 느낀 바 있어

오동잎이 우물에 떨어지는 한 조각 가을 소리에
노승이 놀라 일어나 서풍에게 묻는다.

아침에 홀로 걸어서 냇가 위에 서 있노라니
칠십 년 세월이 거울 속에 있도다.

初秋有感

一片秋聲落井桐, 老僧驚起問西風.
朝來獨步臨溪上, 七十年光在鏡中.

단풍을 읊다

외로운 뿌리 굳세지 않아 가을바람이 겁나고
푸른 잎은 서리 앞에 붉게 변한다.

설령 산빛이 비단처럼 밝더라도
홀로 푸른 추운 겨울 소나무와 다투리.

咏楓

孤根不勁怯秋風, 綠葉霜前變作紅.
縱使山光明似錦, 爭如獨翠歲寒松.

한 자루의 칼

중향성 쪽으로 길을 가다가
만폭동 샘물에 수건을 씻는다.

학소대는 허공에 해와 달이 떠있고
보덕굴은 아직도 구름과 안개 속이다.

무갈이 서천의 성인이라면
영랑은 동해의 신선이다.

이름 높이 천년을 전해 오는 사연
머리 돌려 바라보니 한결같이 아득하다.

一口劒

行道衆香邊, 濯巾萬瀑泉.
鶴巢⁶空日月, 寶窟尙雲烟.
無竭⁷西天聖, 永郎⁸東海仙.
名高千載事, 回首一茫然.

---

6 학소(鶴巢): 강원도 금강산 내금강지역 원통동에 있는 누대인 학소대를 말함. 수정렴에서 조금 가다가 왼쪽으로 불쑥 솟아 있다. 학이 살았다는 데서 비롯된 지명이다.

7 무갈(無竭): '담무갈(曇無竭)'. 예로부터 금강산은 대승불교 담무갈('法起'로 번역됨) 보살의 성지로 알려졌다.

8 영랑(永郎): 신라 효소왕 때의 화랑으로 술랑(述郎)·남랑(南郎)·안상(安詳)과 함께 사선(四仙)의 하나로 꼽는다.

또

병든 노인네가 어찌 잠들 수 있으리
밤새도록 밝은 촛불을 벗하고 있다.

영롱한 가을 달빛 그림자에
쓸쓸한 한밤의 솔바람 소리로다.

도를 즐기며 따뜻함과 배부름을 잊고
공(空)을 깨우치니 죽고 사는 것이 자유롭다오.

又

病老何曾睡, 終宵愛燭明.
玲瓏秋月影, 蕭瑟夜松聲.
樂道忘溫飽[9], 解空任死生.

---

9 온포(溫飽): '따뜻하게 입고 배부르게 먹는다'라는 뜻으로, 생활(生活)에 아쉬움
   이 없이 넉넉함을 이르는 말.

산중에서

가을바람에 지는 잎들이 어지러이 뜰에 가득한데
몸소 겨울옷을 기워보니 어설프기 짝이 없다.

세상사 감당하지 못해 노안을 뜨고
저녁볕에 멀리 푸른 산을 바라본다.

山中偶事

秋風落葉亂盈庭, 手補寒衣保拙形.
世事不堪開老眼, 夕陽惟看遠山靑.

산승

일을 마친 행색이 멀리 희미한데
송홧가루를 거두어 돌길로 돌아온다.

길이 멀어 산이 저무는 것을 알지 못하고
홀로 희미한 석양에 외로운 절을 찾는다.

山僧

休粮形色澹依依, 收拾松花石逕歸.
行遠不知山欲暮, 獨尋孤寺夕陽微.

이른 여름

동굴 속은 구름 없는 다른 세상이 있어서
복사꽃 비단 펼친 듯, 버드나무 안개 낀 듯하다.

선가를 만나보지도 못하고 봄여름을 말하는가.
돌이 문드러지고 소나무 늙어죽어 겨우 일 년이라네.

早夏

洞裡無雲別有天, 桃花似錦柳如烟.
仙家不會論春夏, 石爛松枯是一年.

우연히 읊다

칠십 늙은 중이 흰 구름 위에 앉으니
흰 구름이 방이 되고 문이 된다.

만약 사람 있어 마음에 관해 묻는다면
하늘땅의 아침이며 저녁과는 같지 않다.

偶吟

七十老僧坐白雲, 白雲爲室又爲門.
有人若問心中事, 不似乾坤早又昏.

사립문을 닫고서

사립문을 밤중에도 닫지 않으니
간섭받을 일이 없음이라.

도성 거리를 내 알 바가 아니니
청산이야말로 옛 기쁨 그대로다.

살고 죽음은 오히려 지나가는 나그네요
하늘과 땅은 외눈박이 탄환이다.

반드시 이상향에 살 필요가 없으니
숲 사이나 고반이면 충분하리라.

掩柴扉

柴扉不夜關, 無事可相干.
紫陌[10]非相識, 靑山是舊歡.
生死猶逆旅, 天地眇彈丸.
不必居何有[11], 林間且考槃[12].

10 자맥(紫陌) : 임금이 사는 서울의 도로.
11 하유(何有) : 무하유지향(無何有之鄕)의 준말. 있고 없고 옳고 그름 등과 같은
    모든 대립이 사라진 이상향 또는 선경(仙境)을 뜻함.
12 고반(考槃) : 산림에 은거하며 안빈낙도(安貧樂道)하는 은사(隱士)의 생활을 비
    유함.

대동강의 회고

안개 물결 자욱한 옛날 물을 건너던 뚝 옆에서 읊나니
백년 티끌세상이 애달픔으로 바뀌어 있네.

붉게 물든 석양에 구름이 비로소 흩어지고
봄바람에 지난 일들 새가 홀로 돌아온다.

화각이 몇 차례 소리 나고 인적은 다시 쓸쓸한데
맑은 갈잎 피리 한 곡조에 나그네는 오락가락.

누구에게 기대어 흥하고 망한 이야기를 물을까
강물은 도도하게 흘러가서 돌아오지 않네.

大同江懷古

吟傍烟波古渡隈, 百年塵世轉堪哀.
繁華落日雲初散, 往事春風鳥獨廻.
畵角[13]數聲人寂寞, 淸笳一曲客徘徊.
憑誰欲問興亡事, 江水滔滔去不來.

---

13 화각(畵角): 악기의 한 가지. 모양은 죽통과 비슷하고 대, 나무, 가죽 등으로
   만들고 외부를 채색하였으므로 화각이라고 부름.

길옆 빈집에서 비를 피하면서

적막한 작은 집에 빗소리만 싸늘하고
누더기 행장은 온통 마른 곳이 없네.

소래산 내려가는 길을 물어보았더니
농부가 저 멀리 흰 구름 끝을 가리키네.

途傍空舍避雨

小齋寥落雨聲寒, 百結行裝揔未乾.
借問蘇萊山下路, 耕夫遙指白雲端.

소요 태능
逍遙 太能

[1562~1649]

조선 중기의 고승으로 성은 오(吳)씨이고, 호는 소요(逍遙)이다. 전라남도 담양 출신으로 13세에 백양사에 놀러 갔다가 속세를 떠나기로 결심하였다. 15세에 중이 되었다. 스님은 어머니가 신승으로부터 경전을 받는 태몽을 꾸었다고 한다. 부휴 선사에게 나아가 경율을 배웠고 묘향산에 주석하고 있던 서산대사에게 나아가 선지를 깨달았다. 임진왜란이 일어나서 서산과 유정이 승병을 이끌고 전장으로 나가자, 소요 태능은 주로 빈 절을 지켰다. 병자호란 때 남한산성의 서쪽 성을 수축하여 공을 세우기도 하였다. 88세에 연곡사에서 입적했는데 법랍 75세였다. 보개산 심원사, 지리산 연곡사, 두류산 대둔사에 부도가 있다.

스님은 선(禪)과 교(敎)를 일원이류(一源異流)로 보는 전통적 견해를 취하였다. 이것은 서산대사와 일맥상통하는 견해이다. 후세 학자들은 우국진충의 뜻에서는 유정과 자취를 같이 했으나 선적 풍격에 있어서는 유정보다 뛰어났다고 평가한다. 저서로는 『소요당집』 1권이 있다.

서쪽 정자에서 숙박하며

밤이 차고 서리 기운은 무거운데
하늘 저 멀리 기러기 소리 높구나.

홀로 달 뜬 서쪽 정자에서 자나니
산을 돌아오는 가을 꿈이 수고롭다.

宿西亭

夜寒霜氣重, 天遠雁聲高.
獨宿西亭月, 還山秋夢勞.

진사 유철이 운자를 불러

수루에 종소리 끊기고 달빛은 새로운데
멀리 나그네는 아득히 병석에 누워있다.

어느 산에서 원숭이 울음을 그치지 않는가
천 리 고향길을 아직 돌아가지 못하는 사람인데.

柳進士鐵呼韻

水樓鐘斷月華新, 遠客悠悠任病身.
何處嶺猿聲不歇, 故園千里未歸人.

밤중에 앉아서 회포를 적다

종소리 일어나는 곳에 되돌려 들어보고
노란 잎이 날릴 때 보는 것 다시 봐라.

다시금 밝은 밤을 향해 주렴 바깥으로 구르나니
강물 소리 달빛이 텅 빈 누대에 들어온다.

夜坐書懷

鍾聲起處聞聞復, 黃葉飛時見見休.
更向夜明簾外轉, 江聲月色侵虛樓.

묵 장로에게 받치다

묘향산 구름과 물을 옛날 함께 노닐었는데
손꼽아 헤아리니 이십 년 세월이로구나.

차 마시다 산에 해 넘어가는 줄 모르고
수서루의 경쇠 소리가 이따금 들려온다.

奉默長

妙香雲水昔同游, 屈指如今二十秋.
茶罷不知山欲暮, 一聲疎磬水西樓.

원상인을 이별하면서

변방 밖에서 그대를 만나니 구면인 것 같음은
우리 모두 한남 사람 인연인 까닭이라네.

이별 뒤에 서로 그리움을 알고자 하면
밝은 달 빈 산에 두견이 울 때이겠지.

贈別圓上人

塞外逢君如舊識, 只緣同是漢南人.
欲知別後相思處, 明月空山有杜鵑.

준소사를 이별하며

옛날에는 여산 꼭대기에서 나를 이별했는데
오늘은 초수 물가에서 그대를 보내노라.

이별의 상념이 아득하여 둘이서 말이 없었는데
지는 꽃 우는 새에 또 봄이 저무는구려.

贈別俊少師

去年別我廬山頂, 今日送君楚水濱.
離思悠悠兩無語, 落花啼鳥又殘春.

조행소사를 애도하여

세 번 부르고 세 번 수창하는 종자기러니
어찌 저승길이 지팡이를 재촉하여 돌아갈 줄을.

문밖에는 마침내 아침저녁 그림자가 잠기고
옷걸이에는 오직 네가 입던 삼의만 보이는구나.

哀祖行少師

三喚三酬作子期[1], 那知冥路促節歸.
門外竟沈朝暮影, 架頭惟見舊三衣[2].

---

1 자기(子期): 춘추 시대 초나라의 인물인 종자기(鍾子期)를 말함. 친구였던 백아
   (伯牙)의 거문고 연주를 잘 이해했다는 데서 '백아절현(伯牙絶絃)'이라는 고사가
   생겼음. 지기(知己)를 뜻함.
2 삼의(三衣): 승려가 소지하는 세 가지 가사. 즉, '대의(大衣)·7조의(條衣)·5조의'
   를 말함. 선가에서는 3사납(事納)·3사의(事衣)라고도 함.

성원선자에게 주다

소리도 냄새도 이름도 없이
이르는 곳마다 좇더라도 밝힐 수 없다.

석가모니의 진면목을 알려느냐
기러기가 가을빛 이끌고 강성을 지난다.

贈性源禪子

無聲無臭又無名, 到處相從不可明.
欲識空王^{3}眞面目, 鴈扡秋色過江城.

한 장로의 운을 따라

나그네 시름이 아득하여 홀로 잠 못 이루고
뜰에 한결같이 부는 비바람에 밤이 일 년 같다.

나에게 마음속 한스러움을 묻는 사람이 없고
앉아서 새벽하늘을 알리는 차가운 종소리 듣는다.

次閑長老韻

客思悠悠獨不眠, 一庭風雨夜如年.
無人問我心中恨, 坐聽寒鐘報曉天.

---

3   공왕(空王): 석가모니를 말함.

능허자를 이별하며

이별하는 나그네의 마음이란 다 같이 쓸쓸하고
봄이 지나간 강남에 마음이 더욱 혼미하다.

산새는 마음 맺힌 한이 어떠한지 알지 못하고
석양에 숲을 두고 사람 향해 울어댄다.

別凌虛子

離情羈思⁴共悽悽, 春盡江南意轉迷.
山鳥不知多少恨, 隔林斜日向人啼.

병석 중에 회포를 적다

병을 안고 해를 보내며 길이 앉아 있다가
추위에 겁나 문밖으로 나가는 것이 두려웠다.

아이가 문득 봄빛이 다했음을 알리자
놀라 일어나 산을 보니 녹엽이 무성하다.

病裏書懷

抱疾經年長打坐, 㤀寒惟恐出門遊.
兒童忽報春光盡, 驚起看山綠葉稠.

---

4 기사(羈思): 나그네의 생각. 여사(旅思).

꿈속에서 매화를 읊다

담장 구석에 차가운 매화가 일찍 피었는데
그윽한 향기는 성근 달그림자가 가운데 오다.

향기는 분별 세계에 끼어들지 않는데
속세의 봄빛이 누대에 침입한다.

夢中詠梅

墙角寒梅早已開, 暗香疎影月中來.
不涉馥香分別界[5], 人間春色浸樓臺.

임상사 운에 쓰다

삼황오제도 한바탕 꿈속이니
앞 사람 가고서 뒷사람 돌아온다.

시골 늙은이는 고금의 변화를 알지 못하고
태평한 신세를 강산에 부쳤네.

次林上舍韻

五帝三皇[6]一夢間, 前人去去後人還.
野老不知今古變, 太平身世付江山.

---

5 분별계(分別界): 존재 요소의 분별을 뜻함.
6 복희(伏羲)·신농(神農)·수인(燧人)의 삼황(三皇)과 황제(皇帝) 전욱(顓頊)·제
   곡(帝嚳)·요순(堯舜)의 오제(五帝). 혹은 황제 대신에 소호(少昊)를 넣기도 함.

가을을 만나 느낀 바 있어

병석에서 해를 보내며 초막에 누워 있노라니
옛날 알고 지내던 벗들도 돌아가서 소원해졌네.

다만 가을바람은 두텁고 경박함이 없어
밤이 깊어 밝은 달이 빈 창에 들어온다.

逢秋有感

抱病經年臥草廬, 舊知親友返成疏.
但有秋風無厚薄, 夜深明月入窓虛.

목우행

시냇가 이쪽저쪽에 소를 놓아먹이는데
향기로운 풀 우거지고 유유히 물 흐른다.

제멋대로지만 남의 농사 침범하지 않으니
어찌 반드시 고삐를 묶어서 잡아두리.

牧牛行

溪澗東西放牧牛, 萋萋芳草水悠悠.
騰騰不犯他家苗, 何必繩頭緊把留.

가을밤에 우연히 읊다

추위와 더위가 바뀌어도 달빛은 비추니
동방의 신령한 산에만 비춘다고 말하지 말라.

한 줄기 시냇물 소리가 말씀을 펴나니
어느 강산이 도량이 아니겠는가.

秋夜偶吟

寒暑相更放大光, 莫言靈嶽照東方.
一條溪舌帶[7]宣說, 何處江山不道場.

---

7 설대(舌帶): 시내의 혀이니 시냇물 소리의 뜻.

선행 우바이에게

몸은 사바의 한 세계에 있지만
마음은 언제나 극락 구품연대에 있다.

언젠가 가죽 부대를 벗어 버리고
아미타불 큰 서원 바람에다 돛을 걸겠노라.

배가 고프면 송홧가루, 목마르면 샘물이요
건강하면 한가로이 산책하고 피곤하면 자겠노라.

천마와 생사의 굴을 밟아 죽이고
마음껏 온 산을 돌아다니노라.

示善行優婆夷[8]
身在娑婆[9]一界中, 心遊安養[10]九連[11]紅.
他年脫去皮袋子, 帆挂彌陀大願風.
飢則松花渴則泉, 健兮閑步困兮眠.
踏殺天魔生死窟, 騰騰山後與山前.

---

8 우바이(優婆夷): 출가하지 않고 불제자가 된 여자.
9 사바(娑婆): 현세, 이 세상.
10 안양(安養): 극락세계.
11 구연(九連): 극락세계에 있는 아홉 등급의 연화대.

영탄을 탄식하여[12]

너는 푸른 구름 속의 하얀 학의 자질로
어찌 꼬리를 끄는 길을 가는 거북이 되었나.

내가 지닌 부처님 금보장(金宝藏)을
훗날에 열반하며 누구에게 전해줄꼬.

嘆當初 以靈坦爲傳法人 而外習誤落邪途也

汝以靑雲白鶴姿, 胡爲曳尾途中龜.
吾有如來金宝藏[13], 雙林[14]他日付阿誰.

---

12 시제는 '당초에는 영탄(靈坦)이 법을 전해 받을 인물이었는데 외학을 익혀 그릇된
   길에 잘못 떨어진 것을 탄식하다'의 뜻의 제목임.
13 금보장(金宝藏): 금과 보물을 저장한 창고. 불법(佛法)을 말함.
14 쌍림(雙林): 부처님이 열반한 숲, 여기에서는 죽음을 뜻함.

산중에서 회포를 읊다

1

낙양성 속에 사는 부귀한 사람
수고로이 살면서 어찌 반나절인들 한가했으랴.

쓸쓸하기 그지없는 산중에 다소간의 풍광을
백 년 동안 노승은 실컷 바라본다.

2

서울 거리에는 붉은 티끌이 한 자쯤 쌓였는데
뜨고 잠긴 떠도는 벼슬아치는 얼마나 되는가.

누가 알랴, 한 조각 흰 구름 골짜기는
하늘이 가난한 중에게 준 만금의 가치인 것을.

山中詠懷

(一)

洛陽城裏輕肥客, 役役[15]何曾半日閑.
惆悵山中多少景, 百年分付老僧看.

(二)

紫陌[16]紅塵尺許深, 幾多游宦客浮沈.
誰知一片白雲壑, 天付貧僧直万金.

---

15 역역(役役): 심력(心力)을 기울이는 모양.
16 자맥(紫陌): 황제가 사는 서울의 도로.

방장산에 들어가 우연히 읊다

두류산을 감고 품어 한 골짜기에 숨었으니
푸른 구름 차가운 대숲에 이 한 몸 편안하다.

이제 사방으로 노닐 생각을 아예 끊어버리고
연하를 거두어서 진성을 기르자.

入方丈山偶吟

卷翼[17]頭流藏一鶴, 碧雲寒竹可安身.
徒令永斷遊方計, 收拾烟霞自養眞[18].

늦봄

산가의 경치가 무엇이 그리 신기할까
누워서 무쇠 나무의 가지에 핀 꽃을 본다.

병 속 같은 별다른 봄소식을
꾀꼬리가 아니면 누구와 이야기 하리.

暮春

山家境致有何奇, 臥看花開鐵樹枝.
壺中別樣春消息, 不得黃鸝說與誰.

---

17 권익(卷翼): 날개를 감고 품는 것.
18 양진(養眞): 참다운 본성을 기르는 것.

최수찬의 운을 따라서

외람되이 모시며 절의 경계에서 노닐 적에
눈 가득 가을빛은 하나같이 기이하다.

바위 사이 붉은 나뭇잎은 비단으로 수를 놓고
맑은 시냇물은 돌에 부딪혀 옥가루를 뿌린다.

무릉도원 속에 가난한 중은 혼자 살고 있는데
계수나무 산속에는 속인 나그네가 드물다.

속세의 한가하고 분망함은 어찌 말할 필요 있으리.
채찍 휘둘러 돌아오는 길, 더디지 마소.

次崔修撰韻

叨陪遊賞招提境, 滿眼秋光一樣奇.
紅葉間岩開錦繡, 淸流迸石散瑤琪.
桃源洞裏貧僧獨, 桂樹山中俗客稀.
人世閑忙何足道, 揮鞭歸路莫遲遲.

신상사의 운에 따라

문을 닫은 빈 절은 낮에도 열지 않나니
일찍이 숲 아래에 사람 오는 걸 보았나.

등불 앞의 학은 세월 따라 늙어가고
선정 중에 번뇌는 해를 따라 사라진다.

바람 걸상의 차가운 소리는 몇 줄기 대숲인데
달 비친 창가의 성긴 그림자 한 가지 매화라.

내 수행은 아직 무심의 경지에 이르지 못했나니
꽃을 물고 날아도는 온갖 새가 부끄럽다네.

次愼上舍韻

門掩空壇晝不開, 何曾林下見人來.
燈前鶴貌隨時老, 定裡煩襟逐日灰.
風榻寒聲數竿竹, 月窓疎影一枝梅.
修行未到無心處, 慚愧啣花百鳥廻.

취봉의 운을 따라

강 위에서 이별하고서 몇 해만인가
매양 좋은 시절이 오면 한스러움 아득하다.

몇 줄기 구슬 눈물은 꽃비로 흩날리고
한 가닥 한가한 수심은 버드나무 연기에 걸리었다.

소림사 선등에 마음은 이미 계합했는데
석문사의 등나무 달에는 꿈이 길이 걸려 있다.

정처 없이 떠도는 인생길에 무얼 말하리
못살고 잘살기는 원래 하늘에 있는 것을.

次翠峰韻

江渭分携[19]問幾年, 每逢佳節恨悠然.
數行珠淚飄花雨, 一段閑愁挂柳烟.
少室[20]禪燈[21]神已契, 石門蘿月夢長懸.
人生漂泊何須說, 窮達元來摠在天.

---

19 분휴(分携): 이별. 헤어짐.
20 소실(少室): 달마가 면벽 수행했던 소림사.
21 신등(禪燈): 달마가 전한 선지(禪旨).

인문상인에게 주다

일 많은 티끌세상에 일이 없는 사람
한평생을 흰 구름 속에 머물러 살다.

학처럼 한가롭지 못한 몸을 시름하고
못처럼 맑지 못한 마음이 부끄럽다.

늦가을에는 오호의 달 아래서 지팡이 울리고
깊은 봄에는 만산의 바람에 누더기를 날린다.

세간의 영욕을 일찍이 꿈이라도 꾸었으랴
세상 밖에 노닐며 정처 없이 다닌다.

次贈印文上人

多事塵寰²²无事客，一生行止²³白雲中.
身閑野鶴愁難幷，心淨寒潭愧不同.
秋晚鳴節五湖月，春深翻衲萬山風.
世間榮辱何曾夢，物外優遊無定從.

---

22 진환(塵寰): 티끌 세계.
23 행지(行止): 가고 멈추는 것. 기거동작.

청련대 벽위에 쓰다

층층 벼랑에 작은 집이 매달려 있어
속세의 티끌이 끼어들지 못하다.

구름이 골에서 일자, 산이 어둑해지고
달이 난간에 들자, 창이 밝아진다.

누대 앞에 꽃과 대나무가 흩어 있고
처마 바깥에는 산봉우리가 어지럽다.

홀로 소나무 그늘에 앉아서 졸고 있는데
물소리가 차가운 꿈을 감고 돈다.

題淸蓮坮壁上

層阿懸小屋, 俗累未曾干.
山暝雲生壑, 窓明月入欄.
坮前散花竹, 簷外亂峰巒.
獨坐松陰睡, 濤聲繞夢寒.

스스로를 애도하며

1

서리 맞은 소나무의 지조에 천지가 놀라고
물속 달과 같은 마음에 귀신이 움직인다.

선정의 연못에 배를 띄워 혼연히 세상을 잊고
살고 죽는 물결 위에 자재의 몸이로세.

2

구십 년을 혼자서 문 걸어 잠그고
기력 없이 참선 마루에서 내려오는 사람을 보다.

산밭에서 탈곡하고 노란 냉이 담백하여
향기와 맛이 산가에 오래오래 가득하다.

自挽

(一)

霜松操節驚天地, 水月襟懷動鬼神.
禪池汎楫渾忘世, 生死波頭自在[24]身.

(二)

九十年來獨掩關, 見人無力下禪床.
山畬脫粟黃薺淡, 贏得山家氣味長.

---

24 자재(自在): 미정망집(迷情妄執)의 구속에서 벗어나 마음에 어떠한 거리낌도 없
  는 것. 일상의 삶 그대로 부처의 도리에 어긋나지 않는 것.

무제

1

대지와 산하가 나의 집이니
다시 어디에서 고향을 찾겠는가.

산을 보고 길을 잃고 미치어 미혹한 사람은
온 종일 가고 가더라도 집에 이르지 못하리.

2

듣고 들으며 보고 보는 것은 언제나 삼매이고
죽고 사는 물결 위에 지혜의 달이 밝다.

온 세상에 사람이 밟지 못한 이 길에서
늙은 선승의 가슴 속은 저절로 비어서 밝다.

無題

(一)

大地山河是我家, 更於何處覓鄕家.
見山忘道狂迷客, 終日行行不到家.

(二)

聞聞見見常三昧[25], 生死波頭慧月明.
擧世無人踏此路, 老禪胸次自虛明.

---

25 삼매(三昧): 산란한 마음을 한 곳에 모아 움직이지 않게 하며, 마음을 바르게
　　하여 망념에서 벗어나는 것.

무제

1
섬돌 앞에는 비가 내리니 꽃이 웃고
난간 바깥에 바람이 불자 소나무가 운다.

무엇 때문에 묘한 이치를 찾겠는가.
이것이 바로 원통(圓通)인데.

2
여섯 개의 창이 텅텅 비어
마귀와 부처가 스스로 양을 잃다.

만약에 다시 그윽한 묘리를 찾는다면
뜬구름이 햇빛을 가리리라.

無題

(一)
花笑階前雨, 松鳴檻外風.
何須窮妙旨, 玆個是圓通[26].

(二)
六窓[27]虛谿谿, 魔佛自亡羊.
若更尋玄妙, 浮雲遮日光.

---

26 원통(圓通): 널리 통달함. 불보상의 묘오(妙悟).
27 육창(六窓): 육근(六根)인 眼·耳·鼻·舌·身·意를 비유함.

중관 해안
中觀 海眼

[1567~?]

조선 중기의 스님. 성은 오씨(吳氏)이고 호는 중관(中觀)이다. 전라남도 부안(務安) 출신으로 어려서부터 총명하여 신동이라 불렸다. 처음에 처영(處英)을 은사로 하여 득도하였으나 뒤에 휴정(休靜)의 문하에서 참학(參學)하여 심인(心印)을 받았다.

임진왜란이 일어나자, 영남지방에서 의승을 일으켰고, 전공을 세워 총섭(摠攝)이 되었다. 전란 후 지리산 화엄사에 있으면서 대화엄종주(大華嚴宗主)로서 법화(法化)를 폈다. 만년에는 지리산 귀정사(歸正寺) 소은암(小隱庵)의 옛터에 대은암(大隱庵)을 중창하고, 그곳에서 참선에 정진하였다.

자세한 행장은 전하여지지 않으나 1636년(인조 14)에 화엄사의 사적을 쓴 것으로 보아 70세 이후에 입적한 것으로 추정된다. 법을 이은 제자로 청간(淸侃)·정환(正還)·설매(雪梅) 등이 있다. 저서로는『중관대사유고(中觀大師遺稿)』1책,『죽미기(竹迷記)』1책,『화엄사사적(華嚴寺事蹟)』1책,『금산사사적(金山寺事蹟)』1책 등이 있다.

금강산 미륵봉 향로암에서 청허대사를 뵙고서

풍진 세상을 십 년 동안 돌아다니다
봉래산 제일봉을 찾아왔더니.

사자후를 토하는 소리에는 별다른 가락이 없고
푸른 산 흐르는 물이 저절로 거문고 타고 있다.

金剛山彌勒峰， 香爐庵拜淸虛大師

風塵湖海十年節， 來打蓬萊第一峰.
獅子聲中無別曲， 靑山流水自琴工.

용성부 수령인 신공의 운을 따라서

태수는 산중 바깥사람이지만
동림사 삼소의 한 사람이었다.

이름을 들었던 것도 좋은 일일진대
직접 낯을 뵈고 더욱 가까워졌다.

갑자기 신교 오래됨을 깨닫는 순간
다시 이별하니 의미가 새삼 애달프다.

돌상 위의 눈을 쓸려 하는데
매화 봄 필 때까지 기다릴 필요 있을까.

次龍城府伯申公韻
明府[1]烟霞外, 東林三笑[2]人.
聞名亦好事, 見面轉相親.
陡覺神交[3]久, 還憐別意新.
石床將掃雪, 何必待梅春.

1　명부(明府): 여기서는 태수나 현령을 높여서 부르는 말.
2　동림삼소(東林三笑): 호계삼소(虎溪三笑)와 같은 말.
3　신교(神交): 정신적인 교제를 말함.

부도를 만드는 스님을 조롱하며

푸른 벼랑을 모두 파고 자르니
천연은 이미 참모습을 잃었다.

숲 밖의 새들이 자주 놀라고
눈 안의 티끌을 더 보태누나.

적조는 돌이라 간섭하지 않는데
허령이 어찌 사람에게 국한되리오.

산과 물 그리고 온 대지는
법왕의 몸을 모두 드러냈나니.

嘲爲仁僧浮屠

鑿斷蒼崖盡, 天然已失眞.
頻驚林外鳥, 添淂眼中塵.
寂照[4]非干石, 虛靈[5]豈局人.
山河及大地, 全露法王身[6].

---

4 적조(寂照): 적(寂)은 적정(寂靜), 조(照)는 조감(照鑑). 지(智)의 본체는 공적
  (空寂)하여 관조해야만 나타난다는 뜻임.
5 허령(虛靈): 공허와 신령함. 적조와 같은 뜻임.
6 법왕신(法王身): 부처님.

삼선 장로를 애도하며

고향 소식에 눈이 처음 개었는데
한 가락 울던 새가 먼 길을 전송하네.

물 위의 진흙 소는 본래 머물지 않고
공중의 나무말도 길게 울어댄다.

감실 앞에 돌아가는 흰 구름을 올릴 뿐
하늘 밖에서 때때로 벌린 푸른 산을 바라보다.

선사의 진면목을 알고자 하는가.
붉은 화로 불꽃 속의 푸른 물결 인다.

三禪老挽

故園消息雪初晴, 一曲啼鳥送遠行.
水上泥牛^{7}元不住, 空中木馬^{8}亦長鳴.
龕前但薦歸雲白, 天外時看列岫靑.
欲識禪師眞面目, 紅爐焰裏碧波生.

7　수상니우(水上泥牛): 일시적으로 있다가 없어지는 것을 비유한 말.
8　공중목마(空中木馬): 허망함을 비유한 말.

이름을 사양하며 우연찮게 읊다

긴 두레박 줄로 깊은 물 마시려 하지 말고
짧은 지팡이로 먼 길을 나서려 하지 말게나.

세상 길이 양의 창자처럼 얼마나 험한가
끝없는 사람 마음으로 호랑이 뿔이 생긴다.

작은 은사는 큰 은사 되는 것만 못하고
몸 단련이 몸 잊는 것에 경쟁이 될 수 있을까.

이름과 법을 남김은 진실이 아니니
말과 소를 부르면 그저 소리에 응하는 것이라네.

謝名偶吟

不須長綆汲深飮, 莫把短節爲遠行.
幾多世路羊腸險, 無限人精虎角[9]生.
小隱莫如成大隱, 鍊形爭似到忘形[10].
之名羸法[11]非眞實, 呼馬呼牛但應聲.

9　호각(虎角): 호랑이의 뿔. 인정(人情)의 위험함을 말함.
10　망형(忘形): 불가에서 마음을 비우는 것.
11　지명영법(之名羸法): 이름을 남기고 법을 남김.

차운하여 아영태수에게 주다

훌훌 흘러가는 세월을 감당키 어렵나니
높이 누워 시름없는 사람 몇이나 될까.

풍속이 이미 변해 시가 오래 곤궁하고
초객은 생각 많아 멀리 떠도는 것을 읊다.

거문고로 산수의 가락을 들은 지 오래인데
술동이 앞에 누가 술잔을 주고받으리.

유연히 앉아서 연어의 이치를 깨달았는데
알지 못했던 오십 년이 한스럽구나.

次韻贈阿英太守

歲月難堪忽忽流, 幾人高臥不曾愁.
王風已變詩窮久, 楚客[12]多思賦遠遊.
絃上希聞山與水, 樽前誰見酌還酬.
悠然坐覺鳶魚理[13], 恨未知非五十秋.

---

12 초객(楚客): 귀양가는 사람을 말함.
13 연어리(鳶魚理): 천지조화의 이치를 말함.

장마 중에 부령 임공의 문안을 받고

몇 해 동안에 누가 나의 병을 물었던가
오직 임공의 두터운 후의가 많았다오.

옥음은 해서로부터 자주 왔었는데
목설은 부질없이 산북에서 맞이한다오.

한결같은 하늘 아래 같은 해와 달인데
어찌 대지는 이처럼 산하가 다른가요.

인정이 바다처럼 깊어서 헤아리기 어려우니
도덕 물결에 서로 잊는 것만 같으리오.

扶寧任公苦雨相問韻

年來誰問病如何, 唯有任公腆念多.
玉音[14]頻自海西曲, 木舌[15]空御山北阿.
一樣長天同日月, 寧容大地異山河.
人情莫測深如海, 爭似相忘道德波.

---

14 옥음(玉音): 남의 편지. 남의 말. 맑고 깨끗한 소리.
15 목설(木舌): 목탁.

김상사 운을 따라서

산 비가 시내를 울리자, 한낮 꿈이 희미하여
손님이 찾아올지 알 듯 모를 듯하다.

사람들아, 내가 한가한 일 탐닉한다고 말하지 마라.
한가하다 말할 때에 한가하지 못하니라.

次金上舍韻

山雨鳴溪晝夢殘, 客來知與不知間.
傍人莫說耽閑事, 說得閑時不得閑.

부령의 환속하는 스님에게

평지에는 언제나 무협의 물결이 많아서
몇 명이나 그런 모습으로 귀가를 좋아했던가.

산승은 일없이 봄풀을 바라보는데
나비들은 어지러이 지는 꽃을 애석해 한다.

贈扶寧向俗僧

平地常多巫峽波[16], 幾人依樣好歸家.
山僧無事看春草, 蝴蝶紛紛惜落花.

---

16 무협파(巫峽波): 무협은 중국 사천성에 있는 골짝 이름. 남녀의 성관계 갖는 것을
   말함.

석장을 방문하여 만나지 못하고

시월의 차가운 바람에 눈발이 날리려는데
성 곁에서 얇은 중의 옷이 시름에 겹네.

문 앞에서 감히 범조라고 쓰지 못하고
선랑이 노닐다 돌아오지 못함을 괴이타 할 뿐이네.

訪石塘不遇

十月寒風雪欲飛, 城邊愁殺薄雲衣.
門前不敢題凡鳥[17], 只怪仙郎遊未歸.

조춘행

봄이 되어 불탄 자리는 반은 푸른데
연기 이는 마을에 해는 늦은 오후이다.

뉘 알리오, 나귀 등의 이 중관자가
인간에 노닐면서 칼끝을 시험하는 것을.

早春行

春入燒痕靑一半, 烟生村落日高春.
誰知驢背中觀子, 遊戲人間試劍鋒[18].

---

17 제범조(題凡鳥): 봉(鳳)을 나누면 범조(凡鳥)가 되기 때문에 범용(凡庸)한 사람
    을 냉소적으로 빗대는 말.
18 검봉(劍鋒): 칼 끝. 선공부하여 닦은 기개.

『남화경』을 읽고서

나에게 깃을 주면 하늘을 날 것이요
비늘을 주면 백길 연못에 잠길 것이다.

꿈속에서 꿈을 점치는 사람이 우습나니
몸속에 용광로 있는 줄을 알지 못한다.

讀南華經有感

假我生羽戾長天, 任地鱗潛百丈淵.
堪笑夢中占夢者, 不知身在鑄爐邊.

임거사의 방문을 받고

바람 부는 소나무 아래에 누웠는데
자고새 울음소리에 꿈에서 깨어나다.

서암의 나그네가 동암의 주인을 찾나니
신록의 그늘 속에 은은히 비춰오네.

任居士見訪

依枕風前松下坮, 鉤輈聲裡夢初回.
西庵客訪東庵主, 新綠陰中隱映來.

한가한 가운데 읊다

1
하루의 맑고 한가함에 자재한 사람
무심히 경계를 대하는 것이 선정이라.

호미 들고 열심히 일하지 않아도
주인의 밭에는 풀 한 포기 없도다.

2
창밖 솔바람으로 밤기운이 서늘한데
이따금 샘물 소리 낮아지고 높아지고.

한가로이 앉아서 마음을 찾는데 찾지 못하고
마음 편한 법을 찾는 것이 못 고치는 병일지라.

閑中雜詠

(一)
一日淸閑自在家, 無心對境是禪那[19].
不向鋤頭爲事業, 主人田地草無多.

(二)
松風窓外夜生凉, 時有泉聲抑更揚.
閑坐覓心心不得, 求安心法是膏肓.

---

19 선나(禪那): 선정(禪定).

뇌묵스님이 꿈속에서[20]

뇌묵당 스님은 뜻이 끝이 없어서
꿈속에서 준 비단실의 편지 한 통.

아침에 장미꽃 이슬에 손을 씻고
봉함을 열어보니 공은 다시 공이라.

雷默師翁夢中贈一封書丁寧勿洩

雷默堂師意未窮,　夢中羅縷一書封.
朝來盥水薔薇露,　準擬開緘空復空.

산에 사는 가을 흥취

가을이 두류산 천만 봉우리에 가득하여
사람들이 붉은 비단 속에 살고 있다.

아이더러 문을 열고 보라고 했더니
산 사람들 모두가 부자 되었다고 소리 지른다.

山居秋興

秋滿頭流千萬峰,　人居紅錦紫羅中.
儘敎童子開門看,　喚作山家富貴翁.

---

20 본래 시제는 '뇌묵스님이 꿈속에서 한통의 편지를 주면서 부디 남에게 누설하지
　　말라하기에'의 뜻임.

선을 말하는 사람을 희롱하며

어릴 적 하늘에 있는 달을 알지 못하고
우리 집 백옥 쟁반이라 불렀다.

늙어서 이 몸을 북두성에 숨으려 하는데
옆 사람들이 내 남쪽을 본다고 비웃는다.

戲人言禪

少時不識天邊月, 呼作吾家白玉盤.
老欲此身藏北斗, 傍人笑我面南看.

겨울날 호남으로 가면서

겨울 구름이 눈 내릴 듯 북풍은 차가운데
지팡이 어깨에 메고 멀리 바라보니

모래밭 기러기는 저문 하늘에 놀라 일어나서
바다 위로 비스듬히 두세 줄로 날아간다.

冬日湖南行

冬雲欲雪北風凉, 櫛慄橫肩眼界長.
驚起暮天沙上雁, 海門斜去兩三行.

대은암에 새 자리를 틀고

난간 곁에 옮긴 꽃에 나비도 날고
산 앞의 동석에 구름도 많다.

세상사 당연히 만족함을 알아야 하나니
누가 생애에 목로가 없다고 말하는가.

大隱庵新居

檻側移花兼蝶至, 山前動石得雲饒.
由來世事當知足, 誰道生涯缺木奴[21].

느낀 바 있어

꺾인 쇠잔한 계수나무가 바위 사이에 기대어 있어
화려함이 한낮의 모란과 비교가 되지 않는다.

지금 티끌세상에선 모두 빛깔을 좋아하지만
보면서 누가 향기를 맡을 줄 알겠는가.

有感

摧殘寒桂倚岩間, 文彩難同午牧丹.
塵世只今皆好色, 看來誰有嗅香看.

---

21 목노(木奴): 감귤의 별칭.

분세 이야기에 답하다

병에 두세 되의 시냇물을 담고
창에는 네댓 조각의 산 구름을 두다.

이웃 스님아, 삶이 형편없다고 말하지 말라.
향로에는 맑은 향 일분을 피우고 있지 않은가.

答分歲²²話

瓶貯二三升澗水, 窓栖四五片山雲.
隣僧莫道生涯拙, 爐熱淸香又一分.

기씨집 아이를 애도하며

저물녘 가을바람이 백양나무에 나부끼는데
상여소리 곡소리 길게 이어진다.

떠 있는 인생 길고 짧은 이치 묻고자 하나
늙은 하늘은 말없이 푸르기만 하다.

哀奇家兒

日暮西風吹白楊, 薤歌²³聲與哭聲長.
慾問浮生修短理, 老天無語但蒼蒼.

---

22 분세(分歲): 음력 섣달 그믐날에 온 집안 식구가 모여 잔치를 베푸는 일. 선림(禪
    林)에서는 제야(除夜)를 일컫는다.
23 혜가(薤歌): 상여소리.

충원태수 송공에게

소나무 아래 평상을 옮기니 달빛이 많아
바람 불 때마다 무수한 그림자 어른거린다.

한가로이 생각하는 절간의 밤에는
한 떼의 가을 소리가 시든 연잎을 흔든다.

贈忠原太守宋公

松下移床得月多, 風來無數影婆娑[24].
等閑想得蓮堂夜, 一陳秋聲動敗荷.

용문에서 한가로이 살면서

거미가 그물 짜며 한갓 수고롭듯이
우습다, 산승도 그러함이 있었다네.

돌난간에 높이 누워 진여에 의지하는데
산꽃가지에 한 소리로 새가 운다.

龍門閑居

蜘蛛結網徒勞想, 可笑山僧亦有爲.
高臥石欄依本覺[25], 一聲啼鳥山花枝.

---

24 파사(婆娑): 그림자가 움직이며 너울거리는 모양.
25 본각(本覺): 본래 깨달음의 성품을 갖추고 있다는 뜻.

영월 청학

詠月 淸學

[1570~1654]

조선 중기의 스님이다. 성은 홍씨(洪氏)이고 자는 현주(玄珠), 호는 영월(詠月)이다. 전라남도 장흥에서 태어났다. 13세에 출가하여 가지산 보림사(寶林寺)에서 승려가 되었다. 불교강원에서 사집과(四集科)와 사교과(四敎科)의 경전을 배웠다. 1592년(선조 25) 임진왜란이 일어나자, 승병에는 참여하지 않고 국가의 존망을 걱정하며 정진하였다.

임진왜란이 끝나고 지리산의 부휴선사(浮休禪師)를 찾아 도를 물었다. 다시 묘향산 청허선사(淸虛禪師)를 찾아 깨달음을 얻고 전법제자(傳法弟子)가 되었다. 그 뒤 후학들에게 불경과 선을 가르치면서 임진왜란으로 쇠퇴하여진 불교의 중흥에 헌신하였다.

만년에는 금강산에서 좌선하였고, 지리산에서 후학들을 지도하였다. 특히, 시를 즐겨 지었으며, 이들을 통하여 그의 선적 체험과 생활을 엿볼 수 있다. 나이 94세로 임종게(臨終偈)를 남기고 앉은 채 입적하였다. 제자들이 화장한 뒤 사리를 거두어 보림사에 탑을 세웠다. 법맥을 이은 제자로는 무하자(無何子)·학순(學淳) 등 10여 인이 있으며, 저서로는 문집인 『영월집』이 있다.

스님을 봉래로 보내며

백운산 아래 심원사는
없어진 지 오래되어 적막한데 비바람이 불고 있다.

문을 닫아 선객들이 흩어졌다 말하지 말라.
사람이 있고 없고 모두가 공(空)이라오.

送僧蓬萊

白雲山下深原寺, 廢久廖廖風雨中.
莫道閒門禪客散, 人無人在一般空.

산사에서 거문고 소리를 듣고서

1

두서너 신선들이 범천의 궁중에 있는데
일없이 거문고를 타는데 비는 오동잎을 적신다.

순임금이 만든 오현금은 지금 어디에 있고
남풍은 옛 시절의 노래와 무엇이 다른가.

2

산술은 잔에 가득하고 산과일은 풍부하여
붉은 대문 고관대작과 다투어 자랑할 만하다.

악기 소리가 귀를 맑게 한다고 말하지 마라.
시냇물 비파와 소나무 거문고에는 다른 노래가 있도다.

山寺聞琴

（一）

兩三仙客梵宮中, 無事彈琴雨滴桐.
舜帝五絃今尙在, 南風何異昔時風[1].

（二）

山酒盈樽山果多, 朱門大爵可爭誇.
莫言絲竹聲淸耳, 澗瑟松琴別有歌.

1　남풍(南風): 중국 고대에 순임금이 오현(五絃)의 거문고를 만들어 〈남풍(南風)〉
　　을 불렀다고 함.

강생원에게

한가히 솔가지를 잡고 낮에는 문을 닫으니
세상의 인간 문제는 아직 구분할 수 없다.

해가 깊어지며 병든 나그네 탐내어 길이 누어서
한번 꿈이 깊이 들어 아침 가고 다시 저녁이네.

次姜生員

閑把松梢晝掩門, 世間人事未能分.
年深病客貪長臥, 一夢濃連朝又昏.

이별을 아쉬워하며

마주 보며 헤어지는 것은 꽃이 웃는 것만 못하고
정들어 떨어지는 것은 대나무 무심함처럼 어렵다.

오늘 강산에서 서로 헤어진 뒤에
향기로운 풀이 무성한 어느 해 한번 찾을꼬.

惜別

別面不如花有笑, 離情難似竹無心.
江山此日相分後, 芳草何年又一尋.

임생원에게

청조가 날아와 인연 있음을 기뻐하고
하의를 벗어 버리고 인연 없음을 한탄한다.

오고감이 모두 뜻이 없다고 말하지 마라.
모든 일마다 도연(道緣)이 나타나지 않음이 없다.

次林生員

靑鳥飛來喜有緣, 荷衣[2]拂去恨無緣.
莫言來去都無意, 事事無非現道緣.

---

2 하의(荷衣): 연잎으로 결어 만든 옷. 은자의 옷. 세속을 초월한 사람의 옷.

편양 언기
鞭羊 彦機

[1581~1664]

조선 중기의 스님이다. 속성은 죽주(竹州) 장씨(張氏)이고, 1581년 경기도 안성에서 태어났다. 법호는 편양(鞭羊)이고 법명은 언기(彦機)이며, 청허 휴정(淸虛休靜)의 제자로서 청허계 편양파(鞭羊派)의 조사이다.

11세에 출가하여 묘향산의 청허 휴정 밑에서 수행하여 인가를 받았다. 이후 여러 곳을 두루 다니며 고승들에게 선과 교를 배우고 금강산 천덕사(天德寺), 구룡산 대승암(大乘庵), 묘향산 천수암(天授庵) 등에서 제자들을 가르쳐 명성을 얻었다. 1630년 경기도 용복사(龍腹寺)에서 스승인 휴정의 문집『청허당집(淸虛堂集)』을 새로 간행했다. 이때 5~6년에 걸쳐 승려 교육을 위한 이력 과정의 불서들을 대대적으로 판각하여 전국에 유통했다.

1625년부터 1640년까지는 당시 뛰어난 문장가로 이름난 이식(李植), 이정구(李廷龜), 장유(張維)에게『청허당집』의 서문과 휴정의 비문 등을 의뢰하며 임제태고법통(臨濟太古法統)을 제기했다. 임제태고법통은 고려말 태고 보우(太古普愚)가 원나라의 석옥 청공(石屋淸珙)에게 전수받은 임제종의 법맥을 조선 불교의 법통으로 삼는다는 것으로, 태고 보우 이후 환암 혼수(幻庵混修) – 구곡 각운(龜谷覺雲) – 벽계 정심(碧溪淨心) – 벽송 지엄(碧松智嚴) – 부용 영관(芙蓉靈觀)을 거쳐서 청허 휴정에게로 이 법맥 계보가 이어진다. 이는 이후 조선 불교계의 공식 법통으로 인정되었다.

1644년 묘향산 내원암(內院庵)에서 세랍 64세, 법랍 53세로 입적했다. 수제자는 풍담 의심(楓潭義諶)이었고 청엄 석민(淸嚴釋敏)·회경 홍변(回敬弘辯)·함영 계진(涵影契眞)·환적 의천(幻寂義天)·적조 혜상(寂照惠賞)·자영 천신(自穎天信) 등 많은 제자를 두었다. 언기로부터 시작된 편양파는 조선 후기 불교계의 최대 문파로 성장했고 18세기 이후에는 전국적으로 영향력을 미쳤다.

저서로는 문집인 『편양당집』이 있으며, 상권에 수록된 「선교원류심검설(禪敎源流尋劍說)」에서 그의 사상적 특징을 엿볼 수 있다.

산중에서 우연히 읊다

평생을 절 종소리 좋아하더니
늙어서 구름 낀 소나무 숲에 누워 있다.

경전을 의론하는 도반들이 많아서
달빛 산봉우리 아래서 이야기한다.

山中偶吟

平生愛梵鍾, 垂老臥雲松.
論經多法侶[1], 人語月中峰.

우연히 한 구절 읊어서 계명산인에게 주다

옛 절이 텅 빈 산속에 있고
높은 누대에 사람 홀로 자는구나.

밤 되자 가을비 차갑고
낙엽이 뜰 가득 젖어있다.

偶吟一絶 贈戒明山人

古寺空山中, 高樓人獨宿.
夜來秋雨寒, 落葉滿庭濕.

---

1 법려(法侶): 승려. 중.

임상사의 운을 따라

길게 읊조리고 다시 거문고를 타노니
즐겁고 흡족한 숲 아래의 마음이라.

시골집에는 기장으로 빚은 술이 있고
일가친척들은 함께 서로 술을 권하네.

次任上舍韻

長嘯復彈琴, 怡然林下心.
田家有釀黍, 親戚共相斟.

습스님에게

도란 본디 친소가 끊겼는데
교제에 어찌 신구가 있으랴.

밤중에 운창에서 이야기하였건만
문을 나서며 서로 마음이 흐트러지네.

贈習師

道本絶疎親, 交焉有舊新.
半夜雲窓語, 出門相憶頻.

해욱선자에게

인생은 지나가는 새와 같아서
납자는 시간을 아끼나니

이제 고향으로 가는 길에서라도
옛 부처님의 마음을 잊지 말게나.

贈海旭禪子

人生如過鳥, 衲子惜光陰.
此去鄕關路, 無忘古佛心.

안선연경의 시를 받들어

가을 하늘엔 금빛 달이 뜨고
밝은 빛이 온 세상을 비추네.

중생의 마음이 물처럼 맑고
곳곳마다 맑은 빛이 떨어진다.

奉示安禪蓮卿詩

金色秋天月, 光明照十方.
衆生心水淨, 處處落淸光.

이승지의 운을 따라

현주는 바로 한퇴지인데
저는 전(顚)스님이 아니라오.

사귀는 도가 서로 맞으면
옷의 선물도 시만 같지 못하다오.

次李承旨韻
玄洲²正退子³, 野老非顚師⁴.
交道若相契, 贐衣不若詩.

동림의 운을 따라서

구름은 달려도 하늘은 꼼짝하지 않고
배는 달려도 언덕은 늘 그 자리이다.

본래는 한 물건도 없는 것인데
어디서 기쁨과 슬픔이 일어나는 것일까.

次東林韻
雲走天無動, 舟行岸不移.
本來無一物, 何處起歡悲.

2　현주(玄洲): 이승지의 호임.
3　퇴자(退子): 당나라 문장가 한유를 말함.
4　전사(顚師): 한유가 교제했던 대전대사(大顚大師)를 말함.

우연히 읊다

구름 주변에는 천 겹의 산봉우리요
난간 밖에는 하나로 소리 나는 냇물이다.

열흘 동안 줄곧 비가 내리지 않았다면
어찌 비 갠 뒤의 하늘을 알 수 있으리.

偶吟一絶

雲邊千疊嶂, 檻外一聲川.
若不連旬雨, 那知霽後天.

숲속의 노래

여라옷에 솔밥 먹고 구름 숲에 누우니
절간은 쓸쓸하여 세상 소리 끊어졌다.

천박하고 못난 몸이라 성대에 보답하지 못하고
맑은 향 한 개 피워서 규심을 다하노라.

林下謳

蘿衣松食臥雲林, 祇樹[5]寥寥絶世音.
薄劣無能報聖代, 淸香一炷罄葵心[6].

5   기수(祇樹): 기수원(祇樹園). 석가모니가 열반에 들기 전에 세운 최대의 불교
    사원. 절을 말함.
6   규심(葵心): 해바라기가 해를 향해 기우는 마음으로 '백성이 임금의 덕을 흠앙하
    는 일'을 비유한다.

두견 소리를 듣고

창밖 봄 숲에서 소쩍새 소리가 들리나니
앓다가 놀라 일어나 꽃가지를 부여잡다.

하늘 끝에 망각한 지 한참 되었는데
문득 오늘 밤에야 돌아가길 기억하네.

聞杜鵑

窓外春林聽子規, 力衰驚起楫花枝.
天涯忘却來時久, 便到今宵記得歸.

풀벌레 소리를 듣고서

1

늙을수록 슬픈 가을에 앉아서 괴로이 읊조리는데
벌레소리도 콩팥꽃 깊은 속에서 흘러나온다.

하루살이가 더 이상 슬프기 절절할 수 없는데
병을 앓는 늙은이의 마음을 감당하기 어렵네.

2

구름창으로 근심스레 저녁 산을 대하며 읊조리나니
늙어가고 가을은 오고 병은 더욱 깊어지려 한다.

벌레소리 나그네의 마음을 알지 못하고
관서로 달려가는 만 리길 마음을 일으킨다.

聽草虫

（一）

老去悲秋坐苦吟, 虫聲又在豆花深.
憑渠且莫嘵嘵切, 抱病難堪白首心.

（二）

雲窓愁對暮山吟, 老去秋來病欲深.
草蟲不識遊人意, 惹起關西萬里心.

가을 의미

서리 내리고 일천 봉우리 초목이 수심에 싸여
세상살이 어느 곳에 유유하지 않더냐.

그대는 아는가, 몸은 늙어도 마음은 늙지 않고
만고의 천지가 달 뜬 한 가을에 지나지 않음을.

秋意

霜落千峰草木愁, 世間何處不悠悠.
君知身老非心老, 萬古乾坤月一秋.

하얀 눈을 읊다

눈이 은 꽃을 지어서 세상에 비로 내리니
산하의 대지가 한꺼번에 맑아지는구나.

다사로운 봄날에 한 점 날리기를 기대하면
시인들은 희롱하여 초산청을 읊어대겠지.

吟白雪

雪作銀花雨下界, 山河大地一時淸.
若待春陽飛一點, 詩人吟弄楚山靑[7].

7　초산(楚山): 역대 시인묵객들이 즐겨 읊었던 초나라에 있던 산. 악부의 일종.

상사 박장원의 운을 따라서

사립문은 세상과 떨어져 일천 산봉우리를 껴안고
다닐 사람 없는 숲길에는 덮인 눈 색깔이 깊다.

어떤 정 있는 물건이 하늘 위에 있는지
밤이 오자 밝은 달 아래 혼자서 궁리한다.

次朴上舍長遠韻

柴門逈世擁千岑, 林逕無人雪色深.
何物有情天上在, 夜來明月獨窺尋.

설청스님에게 차운하여 드리다

세상에 어느 곳에 우리 곳인가
골짝에 바람일자 온갖 구멍이 소리를 낸다.

원컨대, 오대산에 들어가 여라 달 아래에서
오색구름 깊은 곳에서 부처님께 예배하리.

次贈雪晴師

人間何處住吾曹, 野壑風生萬籔號.
願入坮山蘿月下, 五雲深處禮金毛[8].

---

8 금모(金毛): 금빛의 털이란 말로 부처를 말함.

선달 초파일 밤에

들으니 석가모니가 이 밤에 이르러
샛별이 동쪽에 뜨자 눈이 처음 열렸다 한다.

달 주변 차가운 채색은 지금도 그대로인데
무슨 일로 지금 사람들은 별을 보지 못하는가.

題臘月八夜
聞道瞿曇⁹到此夜, 戒明¹⁰東出眼初惺.
月邊寒彩今猶在, 何事時人不見星.

풍악으로 가는 희스님을 보내며

선산은 선심을 일으키는데 도울 뿐이지
선산이 나의 참선에 반드시 필요한 것은 아니다.

스님께서 혹시 염화의 뜻을 참구하려면
영원통천에서 한 번 잠을 보시길 바란다.

送熙師之楓嶽
仙山只助禪心發, 不必仙山是我禪.
吾師倘究拈花旨, 一宿靈源洞¹¹裏天.

---

9   구담(瞿曇): 석가여래가 속세에 있을 때의 성. 석가여래, 또는 부처를 말함.
10   계명(戒明): 계명성(啓明星). 샛별. 금성.
11   영원동(靈源洞): 지명. 금강산에 있는 통천(洞天).

향림으로 들어가려고 보순스님에게

일찍이 산수를 찾아 이곳저곳 다 다녔는데
해가 저물자 오직 취미에 누워있으리.

묘향산에 들어가서 숨을 곳 찾을진대
훗날 사람 누가 이 마음을 이해하리.

將入香林示寶淳師

早探山水盡東西, 歲暮唯應臥翠微[12].
欲入妙香尋隱處, 後人誰與此心期.

---

12 취미(翠微): 산꼭대기에서 조금 내려온 곳. 산에 아렴풋이 끼어 있는 이내.

욱장로에게 받들어 보이다

서산 문하의 옛 존숙께서
백발로 돌아와 영당에 예배하다.

청허 대사의 한 가락이 아직 그대로인데
달은 빈산을 비추고 흐르는 물은 유장하다.

奉示旭長老

西山門下舊尊宿[13], 白髮還來禮影堂[14].
清虛[15]一曲今猶在, 月照空山流水長.

---

13 존숙(尊宿): 학문과 덕행이 뛰어나 남의 사표가 될 만한 중. 존로(尊老).

14 영당(影堂): 초상을 모셔둔 곳.

15 청허(清虛): 서산대사를 말함.

내원에서 의상대를 바라보며

남쪽으로 중봉을 바라보면 절이 있는데
작은 암자가 그림처럼 깊은 송림에 숨어 있네.

고승이 선정에서 나온 뒤를 생각하니
저녁 구름에 절 종소리가 바람타고 들려온다.

內院對義湘台

南望中峰有蘭若[16], 小庵如畫隱深松.
想得高僧出定後, 暮雲風送數聲鍾.

뜰의 꽃

비 내리고서 뜰에 꽃이 밤마다 피어나니
맑은 향기가 스며드니 새벽 창이 새롭다.

꽃은 뜻이 있는 듯이 사람 향해 미소를 짓고
절 가득 선승들은 헛되이 봄을 보내도다.

庭花

雨後庭花連夜發, 淸香散入曉窓新.
花應有意向人笑, 滿院禪僧空度春.

---

16 난야(蘭若): 고요한 곳이란 뜻으로 절의 다른 이름임.

최생의 운을 따라

1

양치질을 마치고 향로에 하나의 향을 피우는데
당연히 지혜의 물로 번뇌 티끌을 씻어야 하리.

"연꽃은 높은 언덕에 지나지 않는다."
이것은 유마보살의 말씀이라오.

2

묘한 법은 사람들로 전생의 업보를 모두 불사르고
옥호의 광명 속에는 꽃이 어지러이 내린다.

세인들은 진실하고 변함없는 도를 알지 못하고
도리어 금언을 우언으로 치부하는 구나.

次崔生韻

(一)

罷漱金爐一穗焚, 應將智水滌塵紛.
蓮花不出高原處, 此是維摩大士言.

(二)

妙法令人宿業[17]焚, 玉毫[18]裏雨花紛.
世人不識眞常[19]道, 反以金言[20]作寓言[21].

---

17 숙업(宿業): 지난 전생의 업보.
18 옥호(玉毫): 부처님의 미간 사이에 있는 흰털.
19 진상(眞常): 영원한 진실.

쌍송암

황혼에 국청대를 산보하니
단풍 그림자 솔꽃이 이끼 위에 쌓이다.

묻노니 절은 어느 곳에 있는가
경쇠 소리 달을 흔들며 구름 속에 들려온다.

雙松庵

黃昏散步國淸坮, 楓動松花委石苔.
試問招提[22]何處在, 磬聲搖月落雲來.

---

22 초제(招提): 사방의 중들이 모여 사는 곳. 관부(官府)에서 사액한 절.

능제공의 외딴 삶에 부쳐서

1

흉년으로 살기 어려워 무리를 떠났는데
나무 우거지고 구름 깊고 돌길은 희미하다.

지는 꽃과 향기로운 풀에 천 개 봉우리가 고요한데
사람들이 와서 사립문을 두드릴까 두려우리.

2

동봉은 이미 떠나가고 홀로 자취 남았는데
구기 자루 빛없이 흐르는 물에 잠겼구나.

정말 감사함은 능제스님이 옛 도를 좋아하는 것이니
숨어 사는 그윽한 자취에다 흥취가 느긋하고 여유롭네.

寄能濟公幽居

(一)

艱難歲迫離群去，樹密雲深石逕微.
落花芳草千峰靜，應恐人來款柴扉.

(二)

桐峰已去獨遺跡，杓柄無光浸石流.
多謝濟師耽古道，隱居幽迹興悠悠.

경암에게

남쪽에서 온 나그네가 조관을 묻는데
조관은 있지만 보여주기 어렵다오.

오늘 아침이 중양절임을 알겠는데
붉은 잎 누런 꽃이 비를 맞아 차갑구나.

贈敬庵

客自南來問祖關[23], 祖關雖在示人難.
今朝知是重陽日, 紅葉黃花帶雨寒.

각지에게 주다

흥이 나면 길게 읊조리며 높은 누대에 오르니
양쪽 언덕에 밝은 달과 갈대꽃의 가을이로다.

가장 좋은 한 소리는 어부의 피리 소리이고
밤 깊어 흰 갈매기 소리 내며 모래섬을 지나간다.

贈覺地

興來長嘯上高樓, 明月蘆花兩岸秋.
最好一聲漁父笛, 夜深吹過白鷗洲.

---

23 조관(祖關): 조사로부터 전하는 교법을 깨닫는 관문. 조사관. 화두를 말함.

신원스님에게

꽃을 들고 미소 지었다는 최초의 글귀는
육대에 서로 전했으니, 이것은 오직 '마음'이다.

가련하게도 나처럼 미련한 무리는
단지 경전 문장을 향해서 찾았다네.

贈信元上人
拈花微笑[24]最初句, 六代[25]相傳只此心.
可憐若我癡狂輩, 但向經文紙上尋.

---

24 염화미소(拈花微笑): 이심전심(以心傳心)으로 불법이 체득됨을 나타내는 선
   (禪)의 고사.
25 육대(六代): 중국 선종의 초대 달마대사로부터 육조(六祖) 혜능(慧能)까지를
   말함.

휘스님에게

비 온 뒤 가을 하늘은 만 리가 트였고
흐르는 냇물 속 흰 돌은 이끼 없이 깨끗하다.

염불하는 사람의 마음이 바로 이와 같다면
이 사바세계가 바로 연화좌로다.

贈暉師

雨後秋天萬里開, 川流白石淨無苔.
念佛人心正若此, 娑婆國界卽蓮坮[26].

---

26 연대(蓮坮): 연화는 진흙 속에 나서도 물들지 않는 덕이 있으므로 불·보살이 앉는
   대좌(坮座)를 삼음. 더러운 국토에 있으면서도 세상 풍진을 여의고, 청정하여
   신력이 자재한 것을 나타냄에 충분한 까닭임.

부채와 필묵을 보내온 후의에 감사하며

이름을 좇는 이는 부귀에 마음이 먼저 급하지만
벼슬길 위태로움이 이끼처럼 미끄럽다.

처세에서 떳떳한 도리를 알고자 한다면
불교의 묘한 비결 속에 열려서 저절로 있나니.

謝扇筆墨厚意

名人富貴意先催, 仕路傾危滑似苔.
欲知處世便宜道, 自有空門[27]妙訣開.

윤판서의 화운을 따라서

마음을 가지고 어떻게 사람에게 전할 수 있을까
책상위의 능엄경도 보지 않는데.

조사의 단적인 뜻을 묻고자 하는데
한 바퀴 붉은 달이 푸른 하늘에 차갑도다.

次尹判書華韻

將心那復遣人傳, 案上楞嚴亦不看.
欲問祖師端的意, 一輪明月碧天寒.

---

27 공문(空門): 불교를 말함. 불교는 공(空)의 사상으로써 그 전체를 꿰뚫은 근본
   뜻을 삼는 것이므로 공문이라고 함.

산에 살다

통성암에 터를 잡고부터는
그윽한 일들이 날마다 이어진다.

텃밭을 일구어 향기로운 차를 옮겨 심고
정자를 열어 먼 산을 바라본다.

밝은 창가에서 불경을 읽고
밤 책상에서는 화두를 참구한다.

이 세상에 번화한 사람들이
어찌 세상 밖의 한가로움을 알 수 있을까.

山居

自栖通性[28]後, 幽事日相干.
造圃移芳茗, 開亭望遠山.
晴窓看貝葉[29], 夜榻究禪關[30].
世上繁華子, 安知物外閑.

---

28 통성(通性): 통성암(通性庵)을 말함.
29 패엽(貝葉): 인도에서 불경을 기록할 때 종이 대신에 패다수(貝多樹)의 나뭇잎을
　　사용했음. 불경을 말함.
30 선관(禪關): 선의 관문, 즉 화두(話頭)를 말함.

헤어지며 은스님에게 주다

짙푸른 태백의 빼어남은
청량산과 다르지 않다.

은공은 산뜻하고 깨끗함 사랑하여
등불 아래에서 선관을 열었다.

색깔 장군 소나무는 늙지 않아
마음이 학과 함께 한가롭다.

한 번 한단의 꿈을 깨고서
하늘과 땅 사이를 오고가거니.

贈隱師以別

蒼蒼太白秀, 不異清凉山.
隱公愛蕭洒, 燈下開禪關.
色將松不老, 心與鶴俱閑.
一罷邯鄲夢[31], 逍遙天地間.

---

31 한단몽(邯鄲夢): 인간 일생의 영고성쇠는 한바탕 꿈에 지나지 않는다는 말.

봉래산 경잠스님

옛날 정양사에선 함께 젊고 씩씩했는데
십년 만에 만나보니 둘 다 가을 얼굴이네.

비와 구름 같은 뜬 인생은 바람 따라 가버리고
도업은 허공의 꽃인지라, 손대기도 어렵다.

골짝 삼천 개울은 흰 비단을 펼쳐놓았고
하늘가 만 이천 옥 봉우리는 차가워라.

솔꽃과 연잎은 지금과 옛날과 다름없는데
선산에 높이 누워 가장 한가하시구려.

逢萊敬岑師

昔在正陽同少壯, 十年相見共秋顔.
浮生雲雨隨風去, 道業^{32}空花^{33}下手難.
洞裏三千橫素練, 天邊萬二玉峰寒.
松花荷葉今如舊, 高臥仙山第一閑.

---

32 도업(道業): 도를 닦는 일.
33 공화(空花): 공중의 꽃. 실재하지 않는 것을 실재로 착각하는 것.

봉래산

봉래산은 뿌리가 없어 바다 위에서 흔들리고
아래로는 자라등에 닿고 위에는 구름다리.

한나라 관리에게 단결을 찾게 하고
진나라 동자에게 불로초를 캐려고 보냈네.

송죽이 사립문을 가리고 산 절은 고요한데
짙은 안개 속에 문이 닫힌 옥대가 저 멀리.

세상 사람들은 신선 모임을 보지 못하고
다만 중천에 쌓인 푸른빛만 바라보네.

蓬萊山

蓬島[34]無根海上搖, 下臨鰲背上雲橋.
遂令漢使尋丹訣, 却遣秦童採藥苗.
松竹掩扉山寺靜, 烟霧鏁關玉臺[35]遙.
世人不見神仙會, 徒望中天積翠饒.

---

34 봉도(蓬島): 신선이 살고 있다는 해도(海島). 봉래산.
35 옥대(玉臺): 옥으로 만든 망대(望臺). 곧, 옥황상제가 있는 곳.

취미 수초
翠微 守初

[1590~1668]

조선 중기의 스님이다. 호는 취미(翠微), 자는 태혼(太昏)이다. 속성은 창녕 성씨(昌寧成氏)이고 한양에서 태어났다. 스님은 어려서 부모를 여의고 설악산으로 가서 경헌(敬軒)에게 출가하였다. 1606년(선조 39) 두류산(頭流山)에서 부휴계의 조사 부휴 선수(浮休善修, 1543~1615)에게 구족계를 받았다. 이후 선수는 수제자 벽암 각성(1575~1660)에게 '후일에 우리의 도를 크게 할 것이니 그를 잘 가르치라'고 당부하였다. 수초는 각성의 법을 잇고 고승들을 찾아다니며 불도를 배웠다. 그는 당대의 명유(名儒)이자 고위 관료였던 김육(金堉)·이식(李植)·이안눌(李安訥)·장유(張維) 등과 시를 주고받으며 교유했다.

1629년(인조 7) 수초는 옥천 영축사(靈鷲寺)에서 개당하여 후학을 양성하였다. 1632년에 그는 함경도 안변 석왕사(釋王寺)의 초청을 받아 석왕사로 갔다. 이러한 인연으로 1644년에 수초의 스승 벽암 각성이 석왕사를 중창(重創)했다. 또한 18세기 전반에는 부휴계 회암 정혜(晦庵定慧, 1685~1741)가 석왕사에서 강석을 열기도 하였다. 이처럼 수초는 관북·관서 지방을 유력하였고, 영남과 호남에서도 교화를 펼치는 등 전국을 무대로 활동하였다.

어느 날 수초가 『선문염송(禪門拈頌)』을 읽다가 "모든 문자 언어가 이미 다 좁쌀알처럼 되었으니 거기에 또 무슨 맛이 남아 있겠는가."라고

반문하였다고 한다. 『선문염송』은 고려 말 진각 혜심(眞覺慧諶, 1178~ 1234)이 선종의 공안(公案)과 법어(法語), 게송(偈頌) 등을 모아 펴낸 책으로 조선 후기 승려의 교육 과정인 이력 과정의 최고 단계 대교과에 들어있는 책이었다.

1668년 1월 수초는 주변 사람들에게 북쪽으로 간다고 말하고 2월에 함흥의 오봉산(五峯山) 삼장사(三藏寺)로 자리를 옮겼다. 그리고 그해 6월 그는 '무량수불(無量壽佛)'을 염불하다가 서쪽을 향해 앉은 채 입적 하였다. 삼장사와 안변 석왕사(釋王寺), 순천 송광사(松廣寺)에 그의 탑 이 세워졌다.

그의 제자로 백암 성총(1631~1700)이 대표적이며, 그 외에 해활(海 闊)·민기(敏機) 등이 있다.

저서로는 『취미대사시집(翠微大師詩集)』 1권이 있다. 수초는 화엄 (華嚴)의 원융무애(圓融無碍)를 기반으로 선교일치(禪敎一致)라는 사상 적 전통을 계승하였다. 한편 정토왕생(淨土往生)을 중시하여 성도문(聖 道門)과 정토문(淨土門)을 회통(會通)하고자 하였다.

좌선하는 도순스님에게

인연을 만나더라도 집착하지 말지니
집착하면 곧바로 잃게 된다.

눈을 감고 마음을 잃지 말지니
마음을 잃으면 마귀 소굴이다.

마음을 잃는 것과 집착하는 것은
도인이 벗어나기 어려운 병폐이다.

만약 이 두 마귀가 없다면
어찌 성불 못할 것을 걱정하리오.

贈坐禪僧道順

逢緣休着意, 着意卽還失.
合眼莫忘懷, 忘懷則鬼窟.
忘懷與着意, 於道難離疾.
若無此兩魔, 何慮不成佛.

길을 가다가 피곤해서

너무 피곤해 모래 언덕에 잠시 쉬는데
석양이 먼 산봉우리에 내려온다.

서풍이 불며 나뭇잎은 떨어지고
바람 소리에 사람 마음이 싸늘하다.

다리 머리로 성근 비가 지나가고
돌길 위에는 가을 이끼가 깊다.

한가한 구름은 옛 산으로 되돌아가고
저녁 새는 그윽한 숲속에 돌아가는구나.

시름과 근심이 마른 창자 속에 모이고
바다 하늘엔 기러기 소리로다.

차가운 귀뚜라미는 울음을 그치지 않고
텅 빈 들판에 엷은 그늘 생겨난다.

누가 피곤한 나그네를 동정하리오
저절로 괴로운 읊조림이 많아진다.

倦行吟

疲極憩沙堤，夕陽下遠岑.
西風吹落葉，颯颯涼人心.
橋頭疎雨過，石逕秋苔深.
閑雲返舊岫，夕鳥歸幽林.

愁憂集枯腸, 海天賓鴻音.
寒虫鳴不已, 曠野生微陰.
誰憐倦行客, 自然多苦吟.

산에서 우연히 읊다

날 저물자, 산에선 노을이 걷히고
계곡에선 상쾌한 바람이 일다.

흡족히 저절로 머리를 끄덕이고
묘함이 나타내기 어려운 가운데 있다.

山中偶吟

山靄夕將收, 溪風颯欲起.
怡然自點頭, 妙在難形裡.

꽃을 마주하며

지팡이 짚고 시냇가로 나갔더니
시냇가 꽃들이 불타오른다.

기억으로 예전에 꽃을 보았을 때는
어려서는 머리칼이 옻처럼 검었다.

지금 꽃을 보는 때에는
늙어서 머리칼이 눈처럼 하얗구나.

인생이란 꽃보다 못해서
왜 이렇게 부질없이 힘든지.

對花

杖策出溪頭, 溪花紅灼灼.
憶昔看花時, 年少髮漆黑.
如今看花時, 年老鬢雪白.
人生不如花, 胡爲空役役.

회상인의 운에 따라

나지막한 산은 가을빛을 머금었고
긴 냇물은 저녁볕을 띠었다.

암자가 멀지 않음을 알겠는데
구름 밖에서 늙은 스님이 돌아온다.

次會上人韻
短岳含秋色, 長川帶夕暉.
有庵知不遠, 雲外老僧歸.

산에 살며

산은 나더러 살라 부르지 않고
나도 산을 모른다.

산과 나는 서로 잊는 곳에
바로 별다른 한가함이 있다.

山居
山非招我住, 我亦不知山.
山我相忘處, 方爲別有閑.

김처사에게

뜻은 구름에 있어 한가로이 모이고 펴며
진성을 지키려 늘 초당에 누워 있다.

까닭 없이 솔창의 꿈을 깨우는데
산새 울음소리에 봄비가 넉넉하다

示金處士

意在浮雲閑卷舒, 守眞[1]常自臥茅廬.
無端喚起松窓夢, 山鳥一聲春雨餘.

선을 묻는 스님에게

일없이 바람 맞으려 문을 반쯤 여니
나에게 와서는 문득 선에 대해 요구한다.

분명히 보여 가리키는 것은 "평상의 취향이니
밥을 먹고서 차나 한 잔 마시게."

示問禪僧

無事臨風戶半開, 有來要我便陳懷.
分明示指平常趣, 飯後山茶吸一盃.

1　수진(守眞): 본성의 진여를 지킴.

꾀꼬리 소리를 들으며

살구꽃 모두 지고 열매 처음 열렸는데
사람 떠난 시냇가 정자에 비가 잠깐 개었다.

남쪽 창가에 조용히 누워서 낮잠에서 깨어
버들가지 깊은 곳에 꾀꼬리 울고 있다.

聽鶯

杏花飄盡子初成, 人散溪亭雨乍晴.
靜臥南窓惺午夢, 柳條深處有啼鶯.

남해의 스님에게

들자 하니, 남해 바닷가에 선방을 틀었다는데
봉래와 영주의 기이한 경지를 모두 알리라.

산호 나무에 푸른 하늘의 달이 걸렸으니
내년에는 나에게 한 가지 꺾어 보내주게.

贈南海僧

聞說禪居在海陲, 蓬瀛[2]異境盡應知.
珊瑚樹挂靑天月, 寄我他年折一枝.

---

2 봉영(蓬瀛): 봉래(蓬萊)와 영주(瀛洲)로서 모두 동해 가운데 신선이 살고 있다
   는 곳.

고향에 돌아와서

늙어 고향으로 돌아오고 문득 마음이 걸려
날은 다사롭고 배를 띄우니 한강은 봄이로다.

이르는 곳마다 경물이 모두 꿈속인데
만나 미소 짓는 사람들 절반은 그 사람 아니다.

문 앞에 있는 버드나무는 바람에 모든 꽃이 지고
밭두둑의 배나무와 매화, 맺은 열매가 새롭다.

돌아보면 예부터 알고 있는 듯 애정 듬뿍하고
도성을 등진 삼각산은 구름 속에 우뚝 선다.

回鄉

老來鄉國忽關神, 日暖浮杯漢江春.
到處物華渾是夢, 見人笑談半非眞.
門前槐柳飄花盡, 圃後梨梅結子新.
回首可憐如舊識, 背城三角卓雲瀕.

춘파자에게

금강산과 철성은 거리가 멀어서
깊은 정회를 그대에게 기울이기가 어렵다네.

한밤중에 문득 그대 꿈에서 깨어나니
빈 처마에 떨어지는 차가운 빗방울 소리.

寄春坡子

地隔金剛與鐵城, 情懷難向故人傾.
中宵忽罷相思夢, 滴瀝虛簷冷雨聲.

정 장군에게

금빛 칼을 차고 옥 투구를 썼다고 말하지 말라.
찢어진 납의, 이러한 중만도 못하지 않은가.

지팡이 메고서 인간 일들 돌아보지 않고
곧바로 만학천봉의 깊은 곳에 들어가리라.

答鄭將軍

莫道腰金頂玉蝥, 何如破衲此僧休.
挑筇不顧人間事, 直入千峰萬壑幽.

면벽

도 닦는 사람이 동서를 물을 필요가 없으니
면벽 관조가 조사(祖師)의 가풍이다.

혼자 웃는 소리를 사람들이 이해하지 못하는데
어찌 모름지기 주인공을 다시 찾으려 하는가.

面壁

叅玄[3]不用問西東, 面壁觀心是祖風.
自笑一聲人不會, 何須更覓主人公.

---

3 참현(叅玄): 불법의 종지를 참구(參究)하는 것.

쇠 바리때

조사의 집안에서 대대로 전했나니
혜능이 일찍이 의발을 지니고 산을 넘었다.

밝고 깨끗한 빛은 달빛 가득한 듯하고
영롱한 모습은 두 개 나뉜 구슬 같아라.

새벽엔 마을에 가서 누런 식량을 빌고
낮에는 재단에 들어가서 하얀 쌀을 인다.

진종 법통이 전하여 끊어지지 아니하니
어찌 구걸하여 미천한 몸뚱이 기르려 하겠는가.

鐵鉢[4]

祖門諸代遞相須, 盧老[5]曾持向嶺隅.
皎潔光疑將滿月, 玲瓏狀似二分珠.
晨携聚落黃粢散, 午入齋壇白淅輸.
表示眞宗傳不絶, 豈唯循乞養微軀.

---

4 철발(鐵鉢): 쇠로 만든 바리때. 승려(僧侶)의 밥그릇으로 씀.
5 노로(盧老): 속성이 노씨인 중국 6조 혜능을 말함. 이 구절은 혜능 대사가 5조
   홍인의 의발을 갖고 선풍을 일으킨 것을 말함.

허백 명조
虛白 明照

[1593~1661]

조선 중기의 스님이다. 속성은 이씨, 이름은 희국(希國)이고 호는 허백당(虛白堂)이다. 충청도 홍주 출신이다.

13세에 묘향산으로 출가하여 사명 유정(四溟惟政)의 제자가 되었다. 사명당이 왕명을 받아 일본으로 떠나자, 유정의 제자인 인영(印暎)을 따르면서 선(禪)을 닦고 불경을 공부하였다. 그 뒤 원준(圓俊)에게서 화엄대교(華嚴大教)를 배웠고 송월(松月)에게 선법을 전해 받았으며, 지리산에 들어가서 수행하다가 다시 묘향산으로 옮겼다.

1626년(인조 4) 후금(後金)이 국경을 위협하자 조정에서는 스님을 팔도의승병대장으로 임명하였다. 그는 관서 지방에서 승병 4,000명을 모집하여 평양에 주둔하면서 군대를 훈련시킨 뒤 안주(安州)에 진을 치고 있다가 이듬해에 적이 국경을 넘어 침입하자 이에 맞서 싸웠다.

그 뒤 묘향산에 머무르다 1636년 병자호란이 일어나자, 관서 지방 안찰사 민성휘(閔聖徽)의 부탁으로 승병 대장이 되어 관서 지방 관민을 동원하고 곡식을 수집하여 군량미를 충당하였다.

1637년 정월에 인조가 항복하여 청나라 군사가 물러간 뒤 조정에서는 그 공을 높이 사서 '가선대부 국일도대선사 부종수교 복국우세 비지 쌍운 의승도대장 등계(嘉善大夫 國一都大禪師 扶宗樹教 福國祐世 悲智雙運 義僧都大將 登階)'의 직호와 직첩을 제수하였으나, 국왕이 청나라에 항복한 것이 통분하여 직첩을 받지 않았다.

그 뒤 금강산·지리산 등을 순례하면서 여러 선원에서 한 철씩 참선을 하거나 불경을 강설하여 후학들을 지도했는데, 이르는 곳마다 수백 명의 참학자들이 모였다. 그 뒤 구월산 패엽사(貝葉寺)에 머물며 불경을 강의했으며, 만년에는 묘향산 보현사(普賢寺) 선방의 조실로 있으면서 참선 공부하는 학인들을 지도하였다.

1658년 불영대(佛影臺)에 토굴을 짓고 3년 동안 머무르다가, 하루는 묘향산 여러 암자를 둘러본 뒤 우물물을 마신 후 "나는 이제 가네."라고 말한 다음 보현사에 와서 임종게를 남기고 나이 68세, 법랍 56세로 열반하였다.

제자들이 화장하여 사리 수십 매를 얻어서 보현사 서쪽에 부도를 세웠으며, 나머지 사리는 금강산·보개산·구월산과 해남 대둔사(大芚寺) 등 그와 인연이 깊었던 사찰에 부도를 세우고 안치하였다. 그는 선종과 교종에 두루 통한 고승이었으며, 특히 장자(莊子)의 사상에도 깊은 조예가 있었다.

법맥은 청허 휴정(淸虛休靜) - 사명 유정 - 송월 응상 - 허백 명조로 이어지며, 그의 법맥을 이은 제자로는 의흠(義欽)·각흠(覺欽)·숭헌(崇憲)·쌍민(雙敏) 등 수십 명이 있다. 1662년(현종 3) 제자 삼인(三印)·설해(雪海) 등이 영의정 이경석(李景奭)의 글을 받아 보현사에 있는 부도 옆에 비를 세웠다.

저서로는 1669년 제자 남인(南印)이 간행한 시문집 『허백당시집(虛白堂詩集)』 3권과 『승가예의문(僧伽禮儀文)』 1권이 있다.

천마산에 올라

자른 듯이 절벽이 높이 솟아 있고
폭포수는 긴 허공에 매달려 있다.

하늘과 땅은 하나의 바둑판이고
푸른 바다는 술잔보다 작도다.

登天磨山

截然高屹屹, 瀑水掛長空.
乾坤爲一局, 滄海小於杯.

칠불사

꽃이 지니 향기가 뜰 안에 가득하고
새가 우니 여기저기서 조잘거린다.

구름이 산의 앞뒤를 휘감고
바람이 불며 이화 정자를 흔든다.

七佛寺

落花香滿庭, 啼鳥兩三聲.
雲繞山前後, 風琴動李亭.

산에 살며

산과 물, 하늘과 땅을 비추는 달
그대와 나, 둘 다 무심하다.

또다시 봄소식을 얻고 나니
버들 꽃 이르는 곳에 그늘이 진다.

山居

山河天地月, 彼此兩無心.
又得春消息, 楊花到處陰.

유성 민가에서 투숙하여

냇물이 돌아서 흘러가는 길 모르겠고
들이 넓어서 다니는 사람 적다.

가게는 연기를 따라 찾아 들어가고
달을 바라보며 사립문을 닫는다.

나그네의 시름은 밤이 길어지고
고향 꿈은 닭 우는 소리가 두렵다.

일찍 일어나 새벽밥을 짓는데
가물거리는 등잔불이 등불걸이를 비춘다.

宿楡城民家

川回迷去路, 野闊少人行.
茅店尋烟入, 荊扉對月扃.
旅懷愁夜永, 鄕夢怯鷄鳴.
早起調晨飯, 殘燈照短檠.

토산의 상곡 별장에서

천 겹 푸른 바위산 아래에
초가집 몇 가구가 자리 잡고 있다.

푸르고 푸른 문밖의 버드나무
화기애애한 골짜기의 안개.

붉은 기장은 우거져 마을이 어둡고
누런 오이는 나무 위에 매달려 있다.

아이는 추녀 끝에서 망을 보다가
나를 보자 기뻐하는 것 같다.

兎山桑谷別墅

岩岨千重翠, 茅茨屋數椽.
靑靑門外柳, 靄靄谷中烟.
赤黍藏村暗, 黃瓜上樹懸.
兒童候簷隔, 相對似欣然.

흥덕에서의 연꽃 감상

연못은 거울처럼 맑아서 바닥까지 보이고
연꽃봉우리 피어날 때 바람 달이 씻는다.

정정한 푸른 덮개는 붉은 단장을 감싸고
우아한 버선 걸음에 향기가 우러나오다.

선상의 살쩍 머리는 나날이 희어지는데
한 떼의 맑은 바람은 불자에 든다.

발 바깥에 연잎들은 어지러이 떨더니
밤 되자 동쪽 창가에 비를 뿌린다.

興德賞蓮

方塘鏡面淸徹底, 菡萏花時風月洗.
亭亭翠盖擁紅粧, 凌波步韈香生芋.
禪榻鬢絲飄可數, 一塵淸風入揮麈.
簾外荷葉戰繽粉, 夜來吹作東窓雨.

입석에서의 낚시질

대삿갓에 도롱이로 빗속에 서 있는데
수없는 물고기들이 깊은 물 속에서 놀고 있다.

낚시대가 실바람에 가벼이 흔들리고 있을 때
잠깐 사이 물결 위에 붉은 비늘이 뛰어오른다.

강가에서 솥을 씻어 국을 끓이고
술에 취해 유리병을 두드리다 깨뜨리다.

인생도 뜻에 맞아야 즐거움이 되나니
세상 벼슬이란 진실로 헛된 이름뿐이다.

立石釣魚

簑笠簑衣乘雨立，　無數寒魚戲深碧.
釣竿裊裊漾輕颸，　須臾波上紅鱗躍.
洗鼎烹作江頭羹，　酒酣擊破琉璃瓶.
人生適意卽爲樂，　世上軒冕[1]眞虛名.

1　헌면(軒冕)：초헌과 면류관. 벼슬을 말함.

나비꿈

나비가 동쪽 집에서 춤을 추니
서쪽 집은 봄이 이미 저물었다.

일만 나무에 꽃이 피니 나비가 오다가
꽃이 떨어져 땅에 가득하니 나비가 가다.

지는 꽃과 나는 나비, 모두 무정하여
이별하고 돌아갈 곳 없는 나와 비슷하다.

봄바람에 꽃과 나비, 올 때 있지만
거울 속의 얼굴은 다시 젊기 어렵다.

胡蝶夢

胡蝶舞東家, 西家春已暮.
花開萬樹胡蝶來, 花落滿地胡蝶去.
花飛蝶駿俱無情, 似我離別歸無處.
春風花蝶來有時, 鏡中顏色難再好.

해운대

바람이 세차게 불면서 물결 소리 우렁차고
신기루는 하늘에 닿고 바다는 울부짖는다.

부상에 뜨는 해는 바로 지척인 듯 가깝고
구름 속 대마도는 가을 털 같이 작다.

멀리 유람하며 천하가 좁다는 것을 알겠고
장한 기운은 많아서 눈의 경계가 더욱 높다.

천년의 외로운 구름은 좋은 자취 남겼으니
옛날 생각하며 봄 술에 취한들 어떠하리.

海雲坮

長風吹捲浪聲豪, 蜃市連空海若號.
日出扶桑如咫尺, 雲埋馬島少秋毫.
遠遊自覺寰區隘, 壯氣多增眼界高.
千載孤雲留勝跡, 不妨懷古醉春醪.

창원의 벽한루 운을 따라

사람을 침입한 세월은 정신없이 흘러가는데
술잔을 서로 대하여 웃으며 이야기한다.

맑은 서리는 나무에 들어 가을 얼굴이 늙고
지는 해는 산을 머금고 새 그림자 돌아온다.

승지의 바람과 안개는 함께 시를 읊게 되는데
현달했던 옛사람들은 이미 이끼가 되었구나.

국화꽃 피니 중양절이 가까워지고
금빛꽃 반가이 꺾어서 술잔에 띄운다.

次昌原碧寒樓韻

節序侵人鼎鼎來, 一樽相對笑談開.
清霜入樹秋容老, 落日銜山鳥影回.
勝地風烟供嘯咏, 古人賢達已莓苔.
黃花又近重陽節, 好撷金英泛酒盃.

비를 무릅쓰고 황주에 들어오다

기성으로 머리 돌리니 마음이 더욱 혼미하고
극성의 푸름이 구름 끝에 의지하고 있다.

짧은 도롱이로 먼 길의 비를 무릅쓰고
지친 말로 광야의 진흙탕 길을 깊이 시름한다.

홍약이 뜰에 가득한데 사람은 이르지 않고
문을 덮는 녹음 속에 새들은 부질없이 울어댄다.

밤 내내 양대의 꿈을 꾸었고
베개에 기대 등불을 돋우는데 새벽 닭소리 들린다.

冒雨入黃州

回首箕城²意轉迷, 棘城蒼翠倚雲齊.
短蓑遠冒長途雨, 困馬愁穿曠野泥.
紅藥滿庭人不到, 綠陰侵戶鳥空啼.
夜來又作陽坮夢³, 倚枕挑燈到曉鷄.

---

2 기성(箕城): 평양을 말함.
3 양대몽(陽坮夢): 초나라 양왕(襄王)이 꿈속에서 낮에 양대(陽坮)에서 놀았다는
   고사.

북창

북당에서 설당시를 읊기를 마치고
맑은 바람에 베개하고 한잠 푹 자다.

해 저물고 작은 뜰에는 아무 일 없고
손수 오이 덩굴을 마른 가지에 올린다.

北窓

北堂吟罷雪堂詩[4], 枕穩淸風睡足時.
日晚小庭無個事, 手携瓜蔓上枯枝.

봄을 보내며

붉은 티끌에 골몰하여 모든 일이 어긋나고
지난 삼십 이년을 되돌아보면 그르다.

서쪽 동산에 비바람이 밤중 내내 급하더니
복사꽃와 오얏꽃은 말이 없고 봄 스스로 돌아간다.

送春

汨沒紅塵萬事違, 回顧三十二年非.
西圃風雨夜來急, 桃李無言春自歸.

---

4   설당시(雪堂詩): 남송 시대 소동파의 시를 말함. 소동파는 호북성(湖北城) 황강
    (黃岡)에 설당(雪堂)을 지었다.

화담

푸른 산은 그림 같아 맑은 아지랑이 서리었고
돌에 부딪혀 울리는 샘물은 작은 연못에 떨어진다.

눈에 가득 기이한 경치는 찾아도 만족하지 못하는데
마부는 너무 자주 말을 멈춘다고 나에게 투덜댄다.

花潭

碧山如畫間晴嵐, 觸石鳴泉落小潭.
滿眼奇觀探不足, 僕夫嗔我屢停驂.

다시 동래에 이르러

예전에는 장맛비가 괴로이 열흘을 이었는데
오늘 다시 돌아오니 모든 형상이 새롭다.

좋은 서쪽 바람은 가을빛 속에 있고
벼꽃 향기는 말발굽의 티끌을 털어낸다.

復到東萊

昔時霖雨苦連旬, 今日歸來萬像新.
好是西風秋色裏, 稻花香拂馬蹄塵.

구사회具仕會

동국대학교 국어국문학과, 동 대학원 졸업. 문학박사.
선문대학교 국어국문학과 교수 역임. 현재 명예교수.

주요 논저 : 『경기체가 연구』(공저, 태학사, 1997), 한국리얼리즘 한시의 이해』(공역, 새문사, 1998), 『한국 고전문학의 사회적 탐구』(이회, 1999), 『근대계몽기 석정 이정직의 문예이론 연구』(태학사, 2012), 『한국 고전문학의 작품 발굴과 탐색』(보고사, 2013), 『한국 고전시가의 작품 발굴과 새로 읽기』(보고사, 2014), 『송만재의 관우희 연구(공저, 보고사, 2013), 『한국 고전문학의 자료 발굴과 탐색』(보고사, 2013), 『한국 고전시가의 작품 발굴과 새로 읽기』(보고사, 2014), 『다산과 추사, 정벽 유최관』(공저, 추사박물관, 2015), 『한국의 술 100년의 과제와 전망』(공저, 도서출판 향음, 2017), 『대한제국기 프랑스 공사 김만수의 세계여행기』(공역, 보고사, 2018), 『한국 고전시가의 작품 발굴과 문중 교육』(보고사, 2021), 『한국 고전문학의 세계 인식과 전승 맥락』(보고사, 2022), 『해학 이기의 한시』(공역, 보고사, 2023), 『조선후기 무명 유생 가집, 직암영언』(공저, 보고사, 2024), 『(역주)간오정선』 상·하 (공역, 보고사, 2025) 외 다수.

이수진李秀珍

선문대학교 국어국문학과, 동 대학원 졸업. 문학박사.
현재 선문대학교 일반대학원 국어국문학과 부교수. 한국한류문화연구소장.

주요 논저 : 『대한제국기 프랑스 공사 김만수의 세계여행기』(공역, 보고사, 2018), 『현대가사의 작품 발굴과 분석』(공편, 보고사, 2024), 『조선후기 무명 유생 가집, 직암영언』(공저, 보고사, 2024), 『(역주)간오정선』 상·하(공역, 보고사, 2025), 「추재 조수삼의 〈차경직도운〉 시 연구」 외 다수.

한국의 불교시
조선 전기와 중기 편

2026년 3월 30일 초판 1쇄 펴냄

옮긴이 구사회 · 이수진
펴낸이 김흥국
펴낸곳 보고사

책임편집 이경민
표지디자인 김규범

등록 1990년 12월 13일 제6-0429호
주소 경기도 파주시 회동길 337-15 보고사
전화 031-955-9797
팩스 02-922-6990
메일 bogosabooks@naver.com
http://www.bogosabooks.co.kr

ISBN 979-11-6587-984-6 93810
ⓒ 구사회 · 이수진, 2026

정가 30,000원
사전 동의 없는 무단 전재 및 복제를 금합니다.
잘못 만들어진 책은 바꾸어 드립니다.